郑国殿　著

沧海微澜

暨南大學出版社
JINAN UNIVERSITY PRESS

中国·广州

图书在版编目（CIP）数据

沧海微澜／郑国殿著．—广州：暨南大学出版社，2014.7
ISBN 978-7-5668-1022-9

Ⅰ.①沧…　Ⅱ.①郑…　Ⅲ.①随笔—作品集—中国—当代
Ⅳ.①I267.1

中国版本图书馆 CIP 数据核字（2014）第 095029 号

出版发行：暨南大学出版社

地　址：中国广州暨南大学
电　话：总编室（8620）85221601
　　　　营销部（8620）85225284　85228291　85228292（邮购）
传　真：（8620）85221583（办公室）　85223774（营销部）
邮　编：510630
网　址：http：//www.jnupress.com　http：//press.jnu.edu.cn

排　版：广州良弓广告有限公司
印　刷：佛山市浩文彩色印刷有限公司

开　本：890mm×1240mm　1/32
印　张：6.25
字　数：158 千
版　次：2014 年 7 月第 1 版
印　次：2014 年 7 月第 1 次

定　价：22.00 元

自　序

这个博文集子收录了笔者从2006年到2013年撰写的70篇文章。这些文章，多半是一些小短评，也有一些篇幅较长的文章，多半曾放在中国第一博客网和新浪网的个人博客上。这些文章，着重关注三个主要问题：一是民生问题；二是教育问题，特别是我国的素质教育；三是反腐和廉政建设。文章中所谈到的意见和观点，也许有偏颇之处，一家之言，抛砖引玉而已。不过我相信，是非曲直，会越辩越明，也需要一段时间去验证，实践是检验真理的标准嘛!

我这几十篇拙文，在浩瀚的网上博客、微博海洋中，只不过是非常渺小的浪花而已，既不显眼，也没有什么冲击力，在一股股惊涛骇浪面前，一下子就被淹没了。不过，如果这些小浪花与大浪结合在一起，它就可以形成一股推动航船前进的动力。所以，笔者把这个集子取名为《沧海微澜》，是希望这些微澜能与海洋中的巨浪汇合在一起，形成一股推动航船前进的力量。这些或长或短的文字，记录了笔者关心民生写博客、胸怀国事寄党心的心路历程。

笔者在读中学的时候，曾读过一篇文章，里面有一副明朝的对联，至今还记得：风声雨声读书声，声声入耳；家事国事天下事，事事关心。这副对联写得非常工整，含义深刻。它一直影响着我，使我几十年来一直把读书看报，关心天下大事，记在心上，不敢忘却，并一直在践行着。

古人云："位卑未敢忘忧国。"我这位地位卑微，又已是古稀之年的老人，一位普普通通的知识分子，还希望把忧国忧民之事，看作是自己的社会责任，对民生问题、对教育问题、对社会上的不良现象，作一点评论，提一点看法，表明自己的心迹，或褒扬，或批评。这是一种责任，也是一种乐趣！

为了党和国家的兴旺发达，在一些文章中，笔者对社会上出现的一些不良现象，尤其是对政坛的某些腐败现象，或某些错误做法，提出了一些严厉的批评意见，甚至谴责。作为党的一分子，一个普通的有良知的公民，是应该的、必须的。这叫作爱之深责之切嘛。如果对社会上的某些不良现象，不闻不问，熟视无睹，那是不负责任、明哲保身的做法。“责是爱，娇是害。”我们应当不要忘记这条永恒的古训，这条颠扑不破的真理。

一个人辛苦了大半辈子，等退休了，晚年应怎么过？每个人有不同的观点和做法。有的人认为，儿孙自有儿孙福，儿孙的事就应当由儿孙去管，自己就享清福好了；也有人认为，虽然自己退休了，还应当为儿孙站好最后一班岗，贡献自己所有的力量，包括体力和财力，直到最后一口气，几千年来我们的老祖宗就是这样过来的；还有一种人认为，自己前半辈子吃了很多苦头，没吃过山珍海味，没穿过绫罗绸缎，也没住过洋房别墅，更没开过奔驰宝马，退休后就应当补补课，享受一番，有钱就花，及时行乐，不然就白活了；另外也有人认为，退休后，在体力和能力许可的范围内，继续为儿孙做点力所能及的事，在享受天伦之乐的同时，还应当注意锻炼身体，不忘读书学习，关心国家和天下大事，甚至根据自己几十年的人生历练和沉淀，写写博客和回忆录之类的东西，做到老有所为，老有所乐。对于老人们的这些想法和做法，笔者认为，这里没有什么对错之分，也没有什么雅俗之别，更不应当去责难哪一种人。不过，笔者倒认同最后一种观点和做法。因为这种观点，对于家庭的和谐，对于个人身心的健康，对于晚年生活的充实，对于整个社会，都是大有益处的。

笔者就是这样践行的。

郑国殿

2014 年 4 月 10 日

目　录

民生微议

国事天下事之我见

素质教育浅谈

港台一瞥

游 记

其 他

民生微议

像郑筱萸这样的巨贪该不该判死刑?

前国家药监局局长郑筱萸一审被判死刑，有的人拍手叫好，有的人喊刀下留人。像郑筱萸这样的巨贪该不该判死刑，涉及现阶段要不要废除死刑的问题，值得人们讨论和思考。

首先，我赞成我国将来废除死刑，但是在远没有达到大治的今天，不能废除死刑。废除了，贪污腐败之风会更盛，离大治之日会更遥远。主张对巨贪不判死刑的人，这种善良的愿望虽然是好的，但不符合中国目前的国情。判死刑有三层意义：一是要对其他的巨贪起震慑作用；二是对受害者及其家属有抚慰作用；三是有教育作用。

其次，有一种观点认为，人的生命是最重要的，杀人就是不尊重人权。这实际上是站不住脚的。就拿郑筱萸来说，他长期失职，批了许多压根儿就没有经过临床证明的假药，伤害了许许多多的人，他怎么就不尊重那些致死、致残的人呢？当然，杀了郑筱萸也还会有张筱萸、李筱萸，但不杀他，就必然会在明天冒出更多的张筱萸、李筱萸来！杀他的理由不仅是因为他贪了几百万，更重要的是他长期失职、胡乱批药，给千百万的百姓带来苦难。其中有的死了，有的留下重患，有的至今还躺在病床上。造成如此严重恶果的人实在是死有余辜！

再次，现在许多贪官都极其关注这个案子的最后判决，如果判死罪，说明中央反贪决心已下，他们中的许多人将如丧家之犬，惶惶不可终日，吃不好睡不香，不知哪一天，自己也会东窗事发，遭遇与郑筱萸同样的下场！如果免于死罪，说明气候不算太坏，巨贪中的所有人，无论是在国内的还是逃到国外的，都将会雀跃欢腾，手舞足蹈，认为即使哪天东窗事发，也能躲过一死，说不定哪年哪月还能步出牢狱，享受天年！而那些想贪的人，可能得出结论：反正事发率极低，即使有人告发，也不至于死罪，从此可以放开手脚大贪特贪了！可见不判死刑的负面效应是多么可怕了！

当然，等到我们国家到了大治年代，法治深入人心，遵纪守法已经成为我们社会的一种风尚，想要利用职权去贪污的人也越来越少。那时，也只有到了那时，才可以废除死刑。这是毫无疑义的。

（2007 年 7 月）

建“中华文化标志城”之论应当休矣

山东济宁提出要建中华文化标志城，在没有得到国务院批准的情况下，他们就已经着手进行这项耗资巨大的工程了：征地、拆迁、委托好几家单位进行设计，大有非建不可的架势和决心。华东某大学一位教授的设计方案也已经出来了。据说，这项工程得到了国务院某主管单位的支持和好些工程院院士的呼应。但是，就在最近召开的十一届人大和政协会议上，一百多位政协委员和人大代表联名上书表示反对；互联网上的广大网民，也几乎一边倒地对这项工程表示坚决反对。

我认为，山东和有关人员建“中华文化标志城”之论应当休矣！

本人之所以持反对态度，其理由如下：

中华文化源远流长，积淀深厚，早已经有了不少标志性的建筑，如首都的万里长城和故宫博物院，山东的孔庙和孔子纪念馆，西安的兵马俑，敦煌的壁画，洛阳的龙门石窟，湖南的岳阳楼以及西藏的布达拉宫等，完全没有必要再建什么中华文化标志城。华东某大学的一位教授在一个论坛上，拿着自己的设计方案振振有词地说：“我这个方案是最好的，可以把中华文化标志性的建筑都浓缩在其中。”不管是哪个方案都是床上安床，多此一举。顶多就是把当今业已存在的文化标志性的建筑做一次缩微罢了，充其量不过是一个大杂烩，根本没有任何意义。此其一。

在我国目前还不富裕的经济条件下，花几百亿甚至上千亿建没有必要的中华文化标志城，实在是劳民伤财，背离广大人民群众的根本利益。有的人说，我国经过20多年高速发展，GDP连续以两位数字增长，已经成为世界第三大经济体，国家的外汇储备已达3.82万亿美元，居世界第一，现在建中华文化标志城正逢其时。这种说法看起来貌似有理，实则是错误的。说其错误，是因为它只看到现象，看不到本质，是一种以偏概全的观点。明眼的人都明白，我国有13亿多人，GDP总量按人均来计算还处在世界中下水平，有什么值得骄傲的？再说，在世界贸易中，基本平衡才是正常的。我国1.5万亿的外贸顺差已经带来了许多负面影响：贸易摩擦不断，迫使人民币升值等。我们应当通过扩大内需，减少出口，增加进口，特别是高科技产品的进口，来达到贸易的基本平衡。所以，大量的外汇储备，不是一件特别值得炫耀的事。再说，根据统计，我国现在还有数以亿计的人生活在贫困线以下。我们应当努力贯彻党的十七大路线，以人为本，尽力解决三农问题、医疗问题、教育问题、环保问题等民生问题，让老百姓的生活水平得到较大的改善，而不应当把有限的钱，撒在无谓的建中华文化标志城上面。要建，也要等30、50年后，等我国已达到欧美、日本等发达国家水平的时候再考虑。此其二。

从上面两个理由出发，我们来考察一下，为什么某些单位和个人津津乐道于建中华文化标志城呢？为什么要扯上院士的签名（现在不少所谓签名的院士都矢口否认!）招摇撞骗呢？为什么中央还未作出决定，就迫不及待、匆匆忙忙地进行征地、拆迁工作呢？正如许多网民所说的，其实，他们要搞的是政绩工程、面子工程。说得难听一点，就是打着建文化城的旗号，用纳税人的钱为自己树碑立传罢了。如果不是今年召开的人大和政协会议一百多位政协委员联名反对这件事，恐怕这项偌大的工程就要定案开工了。通过这件事也再次说明了人民监督的重要性和必要性。使用纳税人的钱必须慎之又慎。滥用公权力，随便挥霍纳税人的钱的行为必须坚决反对！这是第三个理由。

（2008 年 3 月）

关于乳制品中三聚氰胺含量标准的争议

据报道，近日卫生部、工业和信息化部、农业部、工商总局、质检总局等部门联合发布公告，婴幼儿配方乳粉中三聚氰胺的限量值为1毫克/千克；液态奶、奶粉和其他配方奶粉中三聚氰胺的限量值为2.5毫克/千克。公告说，对于在食品中人为添加三聚氰胺的，将依法追究法律责任。意思就是说直接添加的不行，间接存在的，只要不超过限量值就可以容忍，视为不可避免。理由是：三聚氰胺这种东西应用广泛，各种黏合剂和食品包装材料的生产都有添加。这虽然是事实，但是这些间接影响奶制品质量的包装材料污染问题是完全可以解决和避免的。为什么不用法律手段去禁止生产食品包装材料的企业在生产中添加三聚氰胺一类的有毒物质呢？许多发达国家就是这样做的，在食品生产过程和食品包装材料生产过程中，禁止人为添加像三聚氰胺一类的有毒物质。

允许企业的奶类制品和其他食品中有一定限度三聚氰胺存在的做法是不足取的。对企业的这种宽容，就是对人民健康的伤害。广大人民群众也不会高兴。试想我们允许三聚氰胺这种有毒物质在限量值范围内存在，老百姓在购买时会望而却步，不敢去买，更不要说外国人了。最近出现的到境外抢购奶粉现象就证明了这一点。这样的产品能广销吗？这样的企业能够做大做强吗？

我们的政府，一切都要从人民的根本利益出发，以人为本，执政为民。三聚氰胺限量值虽是临时管理的措施，我看还是尽快取消为好，因为它不利于人们的健康，也不利于企业的发展。这对于重塑国民对我国乳品业的信心，也是相当重要的。

（2008 年 12 月）

从许霆被判无期看我国审判制度改革的必要性

最近，进城打工的青年许霆，用自己的银行卡从柜员机取钱，因柜员机出错，他连续取走17.5万元。广州中院一审判处许霆无期徒刑。这一判决立即引起轩然大波，全国哗然！一批全国知名的法律专家也都出来讲话，为许霆辩护。广州中院对许霆的判决显然是不公平或量刑不当的。以盗窃罪判之不妥，这是一点；以前中院一副院长受贿18万元，判有期徒刑3年，许霆就算是以盗窃论罪，也不可能判无期徒刑，此其二。

广州中院为什么会出如此大错呢？这是一个很值得我们深思和探讨的大问题。许霆的错判是一个例子，以前还有不少这样那样的错判或量刑不当的例子，甚至还有冤判冤杀的例子。我们知道，法官也是人，法官不是圣人。而法律这座天平，是由人来掌握的，而人总有七情六欲。所以，法官在用法律这座天平判案的时候，总难免受到感情的左右。

怎么样才能避免上述情况发生，使法官判案时不出大错，不出冤假错案呢？我国几十年来的法院审判实践告诉我们，只由一两个法官关门审判，是很难做到公平、公正的。许多民主国家长期的审判实践证明，要有效避免法官审判时出错，实行人民陪审制度是一个最好的办法。一个由包括法律专家在内的各方面人士组成的人民陪审团，参与审判并最终由他们投票表决法官的审判结果，这是确保审判不出大差错，不出或少出冤假错案的重大制度。由此看来，我国的审判制度是作出重大改革的时候了！我们热切呼唤人民陪审制度的尽快出台！这将是人民法院判案落实以人为本精神的最充分的体现！可以这样说，没有人民陪审制度，就不可能有真正意义上的公平公正的审判。

（2008 年 1 月）

目前盗版光碟猖獗之我见

长期以来，我国盗版光碟猖獗是众所周知的。近几年来，我国政府有关部门采取一系列强硬措施，严厉打击盗版光碟的生产和销售行为，取得了一定的成效。但是，盗版光碟的生产和销售现象依然存在而且还相当严重，这也是一个不容否定的事实。为什么盗版光碟屡打不死、屡摧不垮呢？为什么这种现象会长期如此猖獗呢？我认为，原因是多方面的：国民的法制观念不强是一个原因。一般老百姓生活水平不高也是一个原因。盗版光碟成本低，售价低廉，以及盗版的生产和经销有官商勾结的情况等都是原因。此外，还有一个不可忽视的，也是最重要、最根本的原因，那就是正版产品的价格太高，一般都在一百元以上，有的甚至更贵，与盗版光碟的售价相差十几到二十几倍。一百多元一张的光碟是许多老百姓买不起的。如果把正版光碟的价钱降到二三十元，让一般打工族都能买得起，我想很多人就不会冒违法的危险去买盗版产品了。

现在的问题是，许多出影碟唱片的影星、歌星们，还有为影星、歌星录制光碟的老板以及经销商都想通过光碟来牟取暴利。你们为什么不可以少拿一点？为什么不让利于老百姓，让他们能买得起呢？若能如此，这也是你们为建设和谐社会作出的一点贡献。我可以断言：在人民生活水平没有大提高的情况下，不把正版光碟的售价大幅降下来，盗版光碟的横行就不会停止！正版光碟的售价是完全可以降下来的，问题在于那些想发大财的影星、歌星和录制光碟的老板们！

（2007 年 7 月）

从“打草惊蛇”这个成语说起

——谈谈“南海核心利益说”引起的涟漪之对策

最近，我国军方的一位将军，在一次谈话中提出南海是我国的核心利益。对这一观点，我认为是正确的，无可非议的。因为谁都知道，散落在南海广袤海域上的众多大大小小的岛屿，自古以来就是我国的神圣领土，是我们自己的庭院。但是，南海是我国的核心利益之说一出，却引起了一串串不小的涟漪。南海周边一些东盟国家的舆论一片哗然，美国提出美韩军演要在黄海举行，随后美国国务卿希拉里提出，美国要充当中国与东盟各国南海争议岛屿的调停人，企图把南海岛屿争端国际化。由此看来，南海核心利益说虽然正确，但却有打草惊蛇的作用。

散落在广袤南海的众多大大小小的岛屿，是我国的神圣领土，南海当然是我国的核心利益，南海的海洋权益当然应当维护。但我觉得，提出这个观点的时机欠妥。所谓选择的时机欠妥，就是还不是时候，还不到火候。我们知道，近一二十年来美国人一直把正在崛起的中国看作是他们的主要对手，千方百计用围堵政策来遏制我国的崛起。南海核心利益说，正为美国人插手南海问题找到了一个口子、一个机会。美国一方面拉拢东盟有关国家，恐吓有关各国，挑拨离间东盟与中国的关系。它表面上装得很公允，要做调停人，实际上是要插手南海问题并使其国际化，以达到其围堵中国、涉足南海并从中渔利的双重目的。

事实上，中国高层提出的搁置争议、共同开发的战略思想是十分正确的。只要坚持这个战略思想，即使我们同东盟有关国家，会有这样那样的争端出现，通过双边的谈判，对于一些特别顽固的国家，交替使用软硬两手策略，问题总是可以解决的。随着中国经济和军事实力逐年发展和加强，当中国有了自己的一两个航母战斗群在南海出现，我们就可以不需要说一句重话、硬话，就可以达到“不战而屈人之兵”的目的。到那时，美国人的军舰、军机还敢在南海和南海上空耀武扬威吗？在这个世界上，一个国家说话，人家听不听，不是看你说了什么话，声调高不高，而是要看看你有没有一个强大的经济、军事实力作后盾。

南海核心利益说，是先由军方一位将军提出的。我以为，这样一个关系到国家战略原则的大事，一般来说不应该由军方向外提出，而应该由国家领导人，至少也应该由外交部对外宣示。如果涉及国家战略方面的重大事情，随意向外放话，势必搞乱中央的战略部署，只会帮倒忙甚至惹出大麻烦来。我们党历来有一条原则，就是“党指挥枪”。平时军队还是应该扎扎实实搞军训、军演，这才是军队的本分。

既然话已经说了，一些麻烦也出现了，现在的问题就是要面对已经出现的南海问题，赶快找出对策来。我认为，首先应向世界人民，特别是南海周边有关国家解释，所谓南海是中国的核心利益说，并不是要把整个南海划定为中国的内海，不是说由中国自己独享南海的利益，而是要强调各国专属经济区的重叠区域，由有关国家共同开发、共同分享，由此抚慰东盟有关国家的担心和恐慌。重申中国政府将始终坚持“搁置争议，共同开发”的立场，用柔性外交赢得他们的信任，击破美国企图把水搅浑，从中渔利的伎俩。其次，努力发展国内的经济，实行富民政策。在此基础上，促进军队的现代化、信息化建设，实现富民强兵。对外，不说过头话，不炫耀武力，即使有了航母，有了更尖端的武器，也不要咄咄逼人。须知，强大是不用吹嘘的，人家看了就会明白。最近，凤凰卫视一位主持人石先生，说什么美国人拉日、韩、东盟搞合纵，我们就同美国搞连横，这样还可以解决台湾问题，实现祖国的统一大业。这是痴人说梦，一派胡言。如果这不算是天方夜谭，那也是一厢情愿。

我们有些专家、学者和政府官员常常在一些公共场合，大谈什么中国的GDP要当老二了，我们是外币储备最多的国家，我们是美国人最大的债主，我们不但有洲际导弹，还有能打航母的导弹，我们崛起了，美国衰落了，对美国我们不再仰视了，而是平视，甚至是俯视了。对G2论津津乐道，从此要同美国人共管世界了。甚至还有人说，这个世界不能交给美国人，我们要取代美国，管理这个世界，等等。在这些人看来，中国已经很强大了，这个世界是属于中国的了。其实，我们应当清醒地认识到，我们同美国无论是哪个方面，都还有一段距离。我们这些人太过沾沾自喜了！自信是需要的，但太过张扬、太过自负，就变成不知天高地厚、狂妄自大；看不到自己同人家的差距，只看到自己的进步，这叫作“蚂蚁缘槐夸大国”；只看到表面的一些数据，就自我陶醉起来，这叫作只看到现象而看不到本质，说得难听一点，就叫作患了狂妄症。我认为，我们现在还不是自鸣得意、自我陶醉的时候，我们在今后至少二三十年内，继续执行邓小平提出的韬光养晦的策略，扎扎实实搞经济，实现工业、农业、教育、科技和国防的现代化，这才是我们的上上之策。

自我陶醉，沾沾自喜，狂妄躁动，是一种不自信的表现。

（2010年3月）

房产税是解决房价高企的灵丹妙药吗？

——与凤凰卫视石齐平先生商榷

2011年2月2日凤凰卫视《时事开讲》栏目中，石先生在谈到房价问题时认为，近20年来地方政府是依靠土地财政来维持日常运作的，所以要用开辟其他财源的办法来解决地方政府对房地产的依赖，而征收房产税是扩展政府税基，增加地方政府财政收入的重要办法，这样就可以把房价降下来，缓解中低收入群众买房难的问题。

石先生的话说对了一部分，即地方政府主要是靠出卖土地和对房地产的各种税收来维持日常运作的。但征收了房产税就可以把房价降下来的说法是错误的，是不符合实际的。

这里有三个问题需要商榷。第一，地方政府是不是很穷？根据国家有关部门的统计数字，去年地方政府总收入是两万多个亿，而“三公”消费就用掉了近万个亿，占40%多。如果把这三方面的钱省掉一半，地方政府的财政状况就大不一样了。地方政府之所以钱不够花是什么原因？“三公”消费花掉了不少钱是一个方面，还有就是不少地方政府为了增加本地的GDP而借钱上建设项目，而有些项目多半是政绩工程、面子工程，而非必要的民生工程。如果不解决“三公”消费问题和官员的贪腐问题，不端正思想认识，钱再多也不够花。

第二，征收房产税是向现在拥有一两套房子的中产阶级开刀。对于那些亿万富翁来说，不要说百分之一，就算是百分之十也是九牛一毛，他们照样可以买房。在中国，中产者刚刚积累了一点财富，还不富有，国家需要对他们加以培植和保护。发达国家走过的路表明，没有一个庞大且稳定的中产者的队伍，这个国家是不能够强大和巩固的，当然也就不会繁荣昌盛。现在加在中产者身上的赋税已经够重了，再对他们征房产税就是雪上加霜。现在炒房的是谁？不是中产者，而是亿万富豪。由此可见，征收房产税对于抑制房价的飙升，没有太大的意义，至少说作用不大。

第三，要解决地方政府日常用钱问题，不能靠开征房产税，而要从下面三个方面着手解决：一是加大倡廉教育和反腐的力度，把公车私用、公费吃喝和公费旅游这三个方面的冤枉钱省一半下来，这比开征房产税还要多；二是不要为了 GDP 而大搞政绩工程、面子工程，踏踏实实搞建设，改善民生；三是对现今的国税、地税的比例调整，中央政府向地方政府让利，使地方政府多增加一点收入。

第四，我完全赞同上海一位财经专家的建议，把全国的土地都掌握在中央的手里，由中央统一出让土地，然后把土地出让金再分配给地方政府。这不愧是抑制房价飙涨的一着好棋。此外，就是由中央下达指标，在三到五年内建设一批公租房和廉价房。中央最近开始行动了。这件事如果真正落实了，在三五年内基本解决了中低收入人群的住房问题，就让那些亿万富豪去炒房吧！

由此看来，那种认为开征了房产税就能解决房价飙升的说法是毫无根据的，这绝不是解决房价的良方，而是一个馊主意。如果真的要开征了，也要像其他国家那样，将征收的房产税用来解决民生的某些问题，如医疗、教育、文化等，不应作为地方政府的日常开支。如果把房产税收入放到地方政府的一般账上，不是专款专用，是毫无意义的。

（2009 年 5 月）

对“走鬼”是网开一面，还是赶尽杀绝？

近两三年来，广州市实施创建国家卫生城市计划，这是一件大好事，受到广大市民的欢迎，城市的卫生环境也为之一新。但在实施这一计划的过程中，那些生活在社会最底层的人群——一批肩挑担子穿街过巷的叫卖者，这些人或是下岗人员，或是一些进城找工但一时没有着落的农民，他们因没有营业执照，常常被有关部门驱赶得落荒而逃，被称为“走鬼”。这些人，绝大多数不坑蒙拐骗，更不盗抢杀人，他们仅想通过自己的劳动，用自己的双手，做点小买卖糊口度日，维持生计。

任何动物都有生存权利，更何况他们是人，是我们社会中的一个最弱势的群体。近两年，中央不是提出要建立和谐社会吗？过去他们到处摆卖确实影响环境卫生，个别人甚至作案犯罪，这当然要坚决打击。但对他们中的绝大多数人，我们不应用过去那种赶尽杀绝的错误办法。正确的态度是多一点理解，多一份包容；正确的做法是网开一面，积极疏导。各区街道应规划一些不妨碍交通的横街小巷，在规定的时段内，让他们摆卖，街道收取适当的管理费用，用于请工人搞卫生。这是一种比较人性化的做法。实践已经证明，驱赶是无效的，只会激化矛盾，也影响了政府的形象。不知道市区政府的领导们是否同意这些观点？

对城市的治理，再也不能用过去那一套老办法了。解决这方面的问题也要解放思想，不断改革、不断创新。

（2010 年 7 月）

欢呼阳江两个黑帮团伙被一举打掉的深层思考

2007年11月21日晚，在国家公安部、省公安厅的周密部署和直接指挥下，调动省几百名武警和特警，一举把盘踞阳江，横行阳江十余年的两个黑帮团伙端掉了。深受其害的阳江人民放鞭炮庆祝。这是一件大快人心的事！

在欢呼阳江以林国钦、许建强为头目的两大黑帮覆灭之时，我们不要只陶醉在胜利之中，还有许多问题值得我们去深究和诘问。

第一，阳江人称之为第一政府的林、许两大黑帮长期垄断了阳江的许多产业，并干尽了持枪抢劫、敲诈勒索、非法拘禁等勾当，无恶不作，罄竹难书。十几年来，阳江许多人被这伙人伤害、抢劫、拘禁，甚至杀害……被害人报警却几乎没下文，不了了之，老百姓喊冤叫屈。人们不禁要问，过去十年的阳江是共产党的天下呢，还是黑帮的天下？是实行人民民主专政呢，还是人民被黑帮专政？

第二，林、许两伙黑帮在阳江横行十余年，是谁给了他们如此大的权力？如果没有某些政府官员的支持、庇护和撑腰，他们能行吗？

第三，行动当晚，部、省厅领导要调动省武警和特警数百名官兵并下令阳江市所有公安干警集中单位待命，行动前市局安排一批人放假，外出旅游。这些部署和措施说明了什么？阳江的公安机关究竟有多少人或涉嫌参与了黑帮活动或成为黑帮势力的保护伞甚至帮凶？人民期望能把那些穿着警服，拿着人民薪俸的败类清除出去。

第四，身为黑帮头目的林国钦夫妇还当上了阳江市的人大代表、政协常委的要职，是谁给了他们这样的身份和待遇？是不是说明了阳江市的政府官员中，有人做了他们的后台和保护伞？同时，也说明了我们的选举制度是不是出了问题？如果人民代表真正由人民直选，他们会把一些压迫他们和残害他们的人选作自己的代表吗？

第五，这回公安机关一举抓获了林、许两个黑帮头目和他们的一批骨干分子，表面看来两大黑帮覆灭了，但是非常清楚的一点是，阳江的问题远没有解决。那些躲在他们身后庇护他们，给他们撑腰而不给受害人申冤、办事的还大有人在。那些与黑帮头目互相勾结、沆瀣一气，穿着红外衣，藏着黑心肝的人，要不要揪出来？如果不这样做，即使杀了两个头目，阳江也依然无宁日！正如阳江人所言，阳江不动大手术肯定是不行的！

第六，阳江出了两个黑帮团伙，全国、全省范围还有没有像这样的黑帮团伙在横行、肆虐，为害百姓？广大人民期待当地的政府和公安机关，借着这股打黑东风，乘胜追击，放手发动群众，“宜将剩勇追穷寇，不可沽名学霸王”。要把扫黑行动进行到底，让广大人民安居乐业，过上安稳的日子！

（2009 年 12 月）

感叹城管被“走鬼”刺伤

据报道，近日一位城管队员在执法中被一“走鬼”用刀刺成重伤。这是一出令人感叹的悲剧。

把城管人员刺成重伤的人，当然应当受到法律的制裁，这是毫无疑问的。我们绝不能让这样的人逍遥法外。

然而，这样的悲剧是不应该发生的，也是可以避免的。如果我们的城管人员在追赶对方时，他们跑远了就不要再追了，更不要没收他们的东西，事情就不会变得那么坏。城管穷追“走鬼”并且去拖“走鬼”的车，事情马上就发生逆转。我们知道，兔子急了也会咬人。要知道，那车东西可能是“走鬼”的全部家当，他是会拼死护卫的。这是我们的城管人员在今后的执法中要特别注意的。

前几天，我曾写了一篇《对“走鬼”是网开一面，还是赶尽杀绝?》的短文，提出解决“走鬼”问题的较好办法，是市区政府按照街道的具体情况，在不影响交通的条件下，划出一定地段让他们摆卖，同时向他们收取一定的卫生费。在这里，我再次呼吁政府尽快决策，尽快解决这个问题，否则悲剧还会重演。

（2010 年 8 月）

奥运闭幕话奖牌

历时16天的第29届北京奥运会，在热烈、平安中度过，于8月24日曲终人散，胜利闭幕了。对于本届北京奥运会，无论是各国政界人物，抑或是世界舆论，评价都是非常正面的。我们可以自豪地说，这是一次高水平、较完美的奥运会。

在这次奥运会上，中国取得了51枚金牌，名列金牌榜第一。毫无疑问，这是一个伟大的进步和辉煌的成就。可以这样说，这是我国30年来改革开放的伟大成果，是值得我们，包括海外华侨华人骄傲的。但是，我们没有任何理由，从此骄横自傲而看不起别人。有的人就说，我们中国已经成为超级强国了，中国崛起了！今天，别国再也不敢瞧不起我们了，“东亚病夫”的帽子已经一去不复返了。这是真的，但我们离体育强国，客观地讲，还有一段距离。我们大可不必为夺得51枚金牌而沾沾自喜，自我陶醉，甚至狂妄自大。

首先，看奖牌我们不但要看金牌，也要看银牌和铜牌，即看奖牌总数。理由很简单，金牌和银牌的差别很小，1环，0.1分，0.01秒，而且跟裁判的评分关系很大。银牌和铜牌也是如此。所以，美国等西方国家，他们按奖牌的总数来排名次是有道理的，我们是金牌第一，人家美国是奖牌总数第一。

其次，从金牌所得的项目看，虽然我们的金牌总数比美国多，但我们应当看到，美国在基础项目和流行项目如田径、游泳、“三大球”等所得的金牌比我们要多。铜牌和银牌的情况人家更比我们强。如果按人口的比例算，我们比许多国家都要低，所以我们不值得过分骄傲或沾沾自喜。

再次，我们还必须看到51枚金牌是我们的体育体制使然，并不能反映我国体育的普及程度和国民的体育意识比人家高。我们的优秀运动员是建立在层层办体校，层层选拔优秀项目尖子的基础之上，人家许多国家的体育项目尖子，是建立在普及体育运动，培养国民体育意识的基础之上。用体育意识和普及程度这个体育强国的基本条件去衡量，我们并不比人家强。从现实的情况看，不要说工人、农民没有普及，就是中小学生普及的程度也不高。许多农村学校的足球场长满杂草，一片荒凉。原因是体育课有每堂课的内容，放学以后又不准学生留在学校活动，理由是学生一旦出事学校怕负责任。

由此看来，对于51枚金牌我们应当有清醒的认识，万万不可沾沾自喜，狂妄自大，傲视别人！

当我们看到成绩的时候，也要看到自己的不足，继续努力，不断进步，这才是我们应取的态度。

（2008年9月）

从厦门开明领导的风范说开去

曾经轰动全国的厦门 PX 迁移事件，最近已经画上了句号。在这一事件中，我们既要赞扬厦门人民的执着和坚持，理性和守法，同时也要赞扬厦门市领导的开明和以民意为依归的领导风范。前段日子，我们还在报上了解到，厦门这位走马上任不久的市委书记，不坐小车上班而骑自行车上班，真是不同凡响，给人一种如沐春风的感觉。我们热切期盼，中国有更多这样以人为本、贴近民众的开明领导！这是中国和平崛起，构建和谐社会的希望所在。

在这里，我们从厦门 PX 事件中，从厦门市的开明领导想到另一些事，另外一种“领导”。他们的所作所为为人所不齿，令人痛心疾首。

山东省高唐县县委书记孙兰雨，针对该县民政局干部董伟等人发的信息——“没钱了，还搞什么建设”，以诽谤罪将他们逮捕入狱；重庆市彭水县市民秦中飞，也因编发一首打油诗引来牢狱之灾；安徽五河县两位教师，因不满上级指定的校长任命考核，编写手机短信给分管教育的领导，遭拘留、降级、撤职。群众平日没有正常的表达意见的渠道，他们用手机短信的方式，表达意见和不满何罪之有？这是不折不扣的现代版的文字狱！

时至今日，正值中央大力提倡依法治国和构建和谐社会的时候，他们竟目无法纪，视敢于说话的百姓为刁民，胡抓乱捕。他们是一伙以权治国的“土皇帝”！这些官员如果不是贪官污吏的话，也是一些利用人民给予的权力对付人民，在人民头上作威作福的刁官（刁官者，为官目无法纪，蛮不讲理，顺我者昌，逆我者亡也）。

我国古代一些开明的官员都懂得广开言路、海纳百川、兼听则明、忠言逆耳的道理，他们连古代的官员都不如。

还有，对这样一些利用手中的公权力，将敢于表达意见的人民群众乱抓乱捕的官员，不能把人放了就完事，连个赔礼道歉都没有。对于他们以及直接抓人的负责人，应当追究他们的民事责任，甚至刑事责任。对这样的官员不给予一定的惩处，有损党和政府在人民心中的形象，有损国家法律的尊严，也直接影响和谐社会的构建。上级机关领导，特别是省级的党政有关部门，应对这样的官员，这样的因发表个人意见被抓被捕的事件进行调查，严肃处理，依法追究有关人员的责任。这才是应有的态度。

（2010 年 7 月）

我们要学研，不要学阀

——与何祚庥教授商榷

日前，中国科学院院士何祚庥对电视剧《红楼梦》中林黛玉的扮演者陈晓旭之死发表看法时竟然称：“陈晓旭是被中医害死的。”再前些时候他更抡起大棒说“中医是伪科学”。

这是一派胡言！

千百年来，包括何教授家族在内的历代中国人，就是靠着中医救死扶伤，一代一代传承下来的。没有中医就没有今天的中国。何教授的历代家人不是靠中医治病的吗？何教授成名之前，不也是靠中医治病的吗？中医有没有糟粕部分？肯定会有。西医难道就绝对科学？也未必。任何一种科学，都是在不断修正错误的长河中进步和完善起来的。中西医都是如此。实践证明，今天认为是科学的东西，到了明天可能就变成谬误了！何先生大概因为陈晓旭曾用中医治过她的乳腺癌，所以得出是中医害死她的结论。按照何先生这种逻辑，那么医院中由西医治疗的病人，如果死了，就是西医害死的了！西方患了乳腺癌的人，治不好就是西医害死的。在中国，病人死了你可以说是中医害的，那么在西方医院里，每天死的人就是西医害死的了。这种观点，这种逻辑，不是很荒唐、很可笑吗？

要知道，人们对宇宙的认识还是很有限的，还有许多未知的东西等待我们去探索、去认识。任何人，千万不要把自己看成是科学的化身和代言人！不要把不符合自己观点的东西，说成伪科学！科学家不是圣人，也不是什么都知、什么都晓的。

某一领域的东西或观点，拿出来研讨是可以的，但动不动就抡起大棒打人，那是“四人帮”的遗风，那就是霸气十足的学阀！

我们在学术研讨中要学研，不要学阀！

中医不是伪科学！不然，今天的西方发达国家，为什么还要引进中医、学习中医呢？难道西方国家的医学界专家们都是傻瓜？

（2010 年 9 月）

从我国外汇储备世界第一说起

根据我国有关部门最近公布的统计数字，我国的外汇储备已经达到1.5万亿美元，折合人民币约为11万亿元。按我国13亿多人口计算，人均达近9 000万元。这是一个惊人的数字。这个数字还在逐年增加。这是一个令国人欢欣鼓舞的数字，是一个让我们引以为豪的数字。

这样一组数字会令欧美发达国家感到担忧。为了减少贸易的不平衡，他们制造贸易摩擦，迫使人民币升值，这些都是担忧和害怕我国巨大外汇储备的必然结果。

由此看来，一个国家拥有巨大的外汇储备也是两重性，既是好事也有弊端。我们该采取的做法是：一方面要管好、用好它；另一方面，对出现的问题要努力去化解。中央政府拿大部分外汇储备在境外进行投资是完全必要的。面对目前国内CPI指数不断上涨，通货膨胀压力不断增大，中下层百姓叫苦不迭的情况，中央政府应当动用一部分外汇储备，从国外购买大批与人民生活密切相关的粮油蛋奶、猪牛羊禽等物资，以缓解国内市场供应不足，迅速将这类物资价格降下来，这是完全必要的。对这个问题，有的人说这类东西比国内市场还要贵，动用外汇储备不划算。这是一种歪论，是奸商的思维，哪里是有良心的专家学者应当说的话！我们的政府是人民的政府，用高价买进低价推出市场，让普罗大众得到实惠，有什么不好？这叫作暗里物价补贴，叫作还富于民，是稳定物价、稳定民心的一项重要举措，一定会受到广大人民的拥护和赞扬。面对庞大的外汇储备，捂着口袋大把的钱，眼看着通货膨胀，物价飞涨，人民生活在困苦之中，这才是不应该的，人民会不高兴，也同党的十七大路线格格不入。有些专家学者，大喊什么划不来，不知他们为谁说话，他们心中还有没有人民群众？至少他们是忘记了，是人民培养他们成为专家学者的。这叫作忘本，饮水忘了挖井人，与老百姓离心离德！

（2008 年 1 月）

对受援者应不应感恩的一点看法

记得凤凰卫视中文台的节目《一虎一席谈》有一场关于受助的大学生不感恩，应不应该取消对他的援助的辩论，当时双方争辩非常激烈。

我对这个问题的看法是：不要简单下结论，而要从施助者和受助者两种角度去分析。

从受助者角度来说，对别人的援助应该感恩。如果一个大学生对援助自己的人连一句“多谢”都没有，根本不当一回事，无论你用什么理由，什么性格内向啊，不善于表达啊，不会用手机呀等都是说不过去的。一个受了十几年教育的人，难道连基本的礼貌都不懂？不会用手机难道拿笔写封信都不会？难道连打个电话都不会？

从施助者角度来说，施助是为了帮助别人渡过难关，帮他成才，不是为了别人的感恩乃至报恩。所以，对受援者表现如何不必太过在意，而应当用一种宽容的心态对待，不要有太多的苛求。出现这种情况，一般不应停止援助。但若受援者无动于衷，毫无感恩的表现，平日表现也不好，只顾上馆子、玩手机、玩电脑，对这样的受援者，我想就应当停止对他的援助。这种人还值得我们去援助吗？这种人不是我们要培养的人才。

再说，受援者应当明白：受援是让自己摆脱最困难的时刻（入学关），而不能奢望靠别人的援助过日子。有了第一年的学费之后，往后的三四年完全可以凭着自己的知识和双手，用勤工俭学的方式读完大学。利用节假日打临工、做家教，甚至端盘子、摆地摊都可以赚到学费。一味躺在别人援助的安乐床上过日子，是不足取的，甚至是可耻的。

滴水之恩，当涌泉相报。受援者从伦理的角度讲，不仅应当感恩，还应当报恩。当然报恩对象不仅包括施助者，更应当包括祖国和人民。

（2010 年 3 月）

对“保护富人”论和“提高学费”论的一点看法

——与茅于轼教授商榷

最近，经济学家茅于轼在广东的一次讲演上重提他的“保护富人”论和“提高学费”论。对此本人有一些不同的看法。

他说，保护富人对穷人有利，这种说法基本上是对的。因为富人的企业是许多穷人赖以谋生的场所，没有了富人的企业，千百万穷人就失去了工作，就没有了生活的来源。但他的观点有片面性，不能笼统地说“保护富人”。我们要保护的是那些像碧桂园集团董事局主席杨国强那样有社会责任感、有担当，发了财不忘穷人的企业家。对于这样的富人，我们要像保护自己的眼睛那样保护他们。但对于那些不择手段盘剥工人血汗钱，像那些黑煤矿、黑砖窑的老板们，像那些为了自己企业赢利而大批解雇工人，像那些不择手段圈地，用肮脏手段逼人拆迁的地产商们，我们怎能够去保护他们呢？那样的一些富人，只顾个人赚钱，不顾穷人死活，毫无社会责任感，不仅不应该保护，而且我们还要揭露他们的种种行径和丑恶嘴脸。我们要努力培植大批像杨国强、陈光标那样的对社会有责任、对穷人有承担的富人，让这样的富人队伍不断壮大，而使那些黑心肠，只顾自己发财，不顾社会和大众的富人接受惩罚。

至于说目前还要“提高（大学）学费”显然更是错误的，不值一驳。茅先生提出的唯一论据就是穷人孩子上大学占少数。这是睁眼说瞎话。不要说普通的大学，就是一些重点大学，根据近几年的调查，农村和城市平民的孩子也占大多数。现在大学的学费已经让许多工人、农民吃不消了，再提高学费，还让不让孩子上大学？要知道，许多国家的大学都不是靠收学费维持办学的，主要是靠政府拨款和社会募捐。现在我们中国的老百姓，除了沿海一些经济比较发达的省市外，内地大多数省市还处于比较落后的状态。就是沿海省市，一些农村地区也还不富裕。茅先生那种“提高学费”论是极不负责任的，自然受到许多人的反对。

茅先生还说，提高学费之后，贫穷的在校大学生就可以得到更多的帮助，事实上也不见得。按照现在的大学体制，学校增加了收入，不见得学生能够得到实惠。相反，管理部门和某些领导人更易腐败。

最近的事实表明，大学不再是清水衙门，大学也存在腐败。提高学费不见得贫困的大学生就一定能得到更多的救济和帮助。

（2010 年 6 月）

老百姓投诉索赔何罪之有？

最近，据凤凰卫视的《社会能见度》栏目报道，手机用户陈曙光、叶剑两人因多次被SP营运商发送的欺骗短信或黄色短信滋扰而向信息产业部投诉多次并获得赔偿。SP营运商把他们告上法院。某地法院以敲诈勒索罪将陈、叶两人判刑。

众所周知，SP营运商与电信企业相互勾结，长期以来，像狂风暴雨般向广大手机用户发送黄色或欺诈短信，从中获得巨大利润。广大受害者非常愤慨却十分无奈。试问有哪位手机用户没有受过其害呢？陈、叶两人作为千千万万受害用户的代表，对以黄色、欺诈信息为诱饵，每年获得数以亿计的巨大利润的不法营运商SP集团，向信息产业部投诉索赔并获得成功。到后来，他俩的投诉索赔虽有动机不纯的意图，但还是合情合理的。我们怎能把通过合法途径的合法索赔，说成是敲诈勒索呢？他们的行为怎么也构不成“以威吓、欺骗手段诈骗财物”的敲诈勒索罪。相反，SP营运商用发黄色、虚假短信之手段，诱骗手机用户上当，以达到骗取手机用户资费（金钱）的目的。据统计，每年亿万用户被骗金钱达数亿之多。作为维护社会秩序和社会正义的执法部门，不去打击、追究、封杀SP营运商他们牟取暴利、毒害人民、毒化社会风气的犯罪行为，却去追究、审判通过合理途径向SP营运商索赔的普通百姓，岂不是令人大惑不解和滑天下之大稽吗？手机用户向有关部门投诉索赔何罪之有？试问办理此案的法院是在为百姓伸张正义呢，还是在为虎作伥呢？其中有没有见不得人的事情？实在令人怀疑！

当前，面对SP营运商长期、大量以诱惑、欺骗手段，每年骗取亿万手机用户的大笔金钱，毒化社会风气的罪恶行径，我们的有关部门如公安、工商、文化等应联合执法，有所作为，坚决封杀，追究责任。对于电信商只顾金钱，不顾社会影响的行为，除了警告教育外，应当给予相应的处治，绝不能让他们继续赚昧心钱！

（2007 年 7 月）

富民才是国家行政活动的出发点和终极目标

——与阎学通教授商榷

最近，清华大学教授阎学通先生在他的一篇文章中大谈富民不是国家的目标，强国、提高国家的综合实力才是目的。

在4月15日的凤凰卫视中文台《震海听风录》节目中，他作为嘉宾，坚持说国家的目标不是富民，而是提高国家的综合实力。他反复地强调，富民的事情不应由国家去做，而应该交给人民自己去做。国家的主要任务是提高自身的能力，提高民族自豪感，拿着中国的护照通行无阻。他还举例说日本够富有了，但只能做二、三流强国，美国按人均GDP只排世界第八九位，不算太富有，但它却是世界公认的一流强国。阎先生这些话表明他眼中的强国就是要像美国那样领导世界，让别人臣服，傲视世界。

这样一种思想和观点是十分可怕的。如果国家最高领导人和军方首脑这样看问题、思考问题，这样去发展国家，往这样的方向去提高民族自豪感，必定会引导中国走向危险的战争道路，那是一条穷兵黩武的道路，最后中国必将成为世界的公敌。这同新中国历任领导人说的、承诺的永远不称霸的思想是格格不入、背道而驰的。

再说，一个国家成为一流的富国、二流的强国又有什么不好呢？我们不说日本，就看看北欧不少国家，像芬兰、瑞典、挪威、丹麦等国，还有像瑞士、新加坡等国家，它们算得上一流富国，但从政治、军事上讲够不上二、三流的强国，其国民不是也活得很好、很体面、很安全吗？当今中国在军事上有了战略导弹；在太空领域，宇宙飞船上了太空，登月也指日可待；假以时日，航空母舰也会在我国南海出现；在联合国，我们已经是具有否决权的常任理事国，随着经济实力的进一步增强，我国在国际舞台上将扮演着越来越重要的角色，至少二流强国的地位初步确立。我想，今后我们应当把主要精力放在改善和提高人民生活福利上，特别是要提高西部地区人民的生活水平。这是理所当然的，也是毫无疑义的。

阎先生说的富民主要让人民群众依靠自己的力量去实现这一说法是十分错误的。国内外的历史告诉我们：一个国家、一个地区的人民群众，离开了国家正确政策的指引是不能达到富裕的。就新中国的历史来说，改革开放前的三十年，同样是共产党领导几亿工人、农民群众，为什么他们那么穷，有的地区连温饱都解决不了？而改革开放后的三十年，整个国家、全体百姓的生活却有了翻天覆地的变化，特别是东部沿海地区人民群众过上了小康生活？就是因为国家推行不同政策的结果！两种不同的执政理念造成了不一样的局面。

“以人为本”、“执政为民”，这是以胡锦涛总书记为核心的党中央经常强调的一句话和执政理念，也是国家各级机关制定政策的出发点和落脚点。阎先生说富民不是目的，而是手段，这是对富民强国关系的颠倒，是十分错误的，也是万万不能容忍的。时间已经证明，如果我们忘记了“以人为本”、“执政为民”这个根本的出发点和落脚点，就会脱离人民群众，被人民所抛弃。这样的机关工作人员当然就不是人民群众的同路人，更不配做人民的公仆。

富民和强国是辩证统一的。从哲学的观点看，只有民富才能国强。试想，世界上有哪个国家的百姓很穷而国家很强的？没有。显而易见，只有民富了，国家才能有钱，有能力去增强国力，实现强国梦。当然，一个国家在特殊的环境里，比如我国在建国的头二三十年里，因受到西方国家的欺负和颠覆威胁而很不安全，这就有必要在人民还不富裕的情况下优先发展核武器，以抗拒别人的核威胁。今天，我们不但有了核武器，有了宇宙飞船，而且成了世界第三大经济体，在国际上的话语权也有了很大的提高。在这样一种背景下，尽力发展经济，改善人民生活水平是一件理所当然的事情了。

（2010 年 5 月）

“人口红利论”可以休矣

最近两三年我国的理论界出现了一种“中国的人口红利已经殆尽”的说法。他们警告说，若不改变已经实行了三十多年的人口政策，经济就要衰落，国家就会失去活力。这是一种耸人听闻的说法。他们摆出的理由是：近三十年经济大发展的主要原因就是20世纪50—70年代我国没有实行计划生育，人口从解放初期的六亿多猛增到十亿多，促进了经济的大发展，这就是他们说的人口红利；今天，其他金砖国家的情况也是如此，印度、巴西、俄罗斯、南非之所以能长期高速发展，也是得益于有十分充裕的劳动力。这是一种十分荒谬的人口理论，论据是根本站不住脚的，不堪一驳。今天的“人口红利论”就是毛泽东当年“人多好办事”人口理论的翻版，“人口红利论”只不过是比“人多好办事”更加动听一点。如果马寅初先生再世，他一定会再一次拍案而起，痛斥当今的人口红利论。

事实上，“人口红利论”者所持的论据是不值一驳的。他们把包括中国在内的金砖五国，近一二十年的经济发展的原因，归结为有充裕的劳动力，这是荒谬的。请问，中国自解放以后的三十年中，人口充不充裕？为什么那时的经济停滞不前，甚至濒临崩溃？为什么“四人帮”倒台，邓小平主政之后，经济持续高速发展？这跟人口毫无关系，其主要和根本的原因是国家的路线、方针、政策发生了逆转性的改变。没有邓小平的改革开放路线，不搞市场经济，不引进外资和技术，人口再多、再充裕也没有用。其他金砖四国的情况也是如此。新加坡是一个人口少、资源匮乏的小国，它之所以在独立之后，在四十多年的时间里经济腾飞，发展成为“亚洲四小龙”之一，不是因为人口因素（它的人口出生率长期处于负增长），而是它博采东西方国家治国之所长，实行高度的法制和自由，人才和资本大量引入，完全的市场经济，加上全球化使其经济获得了无限的生机。要知道，新加坡是一个人口出生率很低的国家，中国香港、台湾地区和韩国等的情况也是如此。

中国是一个有13亿多人口的大国。如果不是在70年代开始，提倡马寅初先生倡导的节制生育的思想观念，在城市中严格实行一对夫妇只生一个孩子的政策，中国的人口早就突破了20亿，人口灾难早就发生，绝不会有今天的繁荣景象。我国虽然有960万平方公里的土地，但可耕地面积却不算多。近十年来，虽然中央划定了一条土地红线，但实际上大家都知道，耕地面积在逐年减少，土地红线早已经越过了。如果现在放松实行了多年的人口政策，去获得所谓的人口红利，那中国的人口十几年后就会突破15亿。随着工业的转型，过去劳动密集型的企业将大幅度减少，更多的人将会失业。

我们知道，到目前为止，我国统计失业人口，是不统计农民和农民工的。如果放松了计生政策，我国的失业率很快就会上升到两位数字以上。到那时，我们享受的不是人口红利，而是人口灾难，社会动荡将不可避免。这不是危言耸听，也不是杞人忧天。一些人口学家警告，现今一个人均只有七八分地的大国，绝对养活不了二十几亿人。再说，近几十年来，许多发达国家经济发展缓慢，不是因为人口老化，缺少劳动力，而是一个周期性的问题。你看，美国今天就有超过9%的青壮年找不到工作。

至于说中国即将步入老年社会，这是不容忽视的事实，但并不可怕，直面它就是了。今天我们国家男性60、女性55岁退休时，绝大多数人的身体状况都还是蛮好的，再干三五年根本不成问题。

如果真的出现劳动力短缺的问题，推迟退休年龄是一条出路。有的人叫嚷，再不放宽一孩政策，就要面临一对夫妻要照料四个老人了。这是吓唬人的话。放眼这个世界，无论是城镇或者乡村，有着两三个子女的老人，最后还得住进老人院的也大有人在。即使跟着子女过的老人，也是活到老做到老，有多少真的不用劳作享清福的呢！即使有，也是凤毛麟角。环视一下我们周围，这是一个客观的现实。实际上，养老问题主要还是要靠社会来解决。

老年人的养老问题，是一个社会大问题。靠子女照顾是不现实的。子女即使有心也很难照顾好。他们要工作，又要照顾自己的子女，心有余而力不足。老人的养老问题是靠国家、靠社会。中央应立法规范这方面的工作，由国家和社会有计划地建设老年服务机构，培训这方面的干部和服务人员。这是解决养老问题的主要办法。

当然，实行了三十多年的城镇一孩政策要不要改变，是值得讨论的。我认为，在适当的时候，可以放宽一点，比如双方都是独生子女的家庭，是否可以再生第二胎等。

“人口红利论”是一个不折不扣的祸国殃民的谬论，我们应当警惕！

（2011 年 1 月）

从小悦悦的遭遇说开去

近日在佛山市街道上，两岁多的小悦悦先后遭到两辆车碾轧，车主均扬长而去，18 位过路人也无人相救，只有一位拾荒老太伸出援手。这则新闻，实在令人唏嘘又令人发指！

小悦悦事件发生后，媒体和民众都议论纷纷。不少电视媒体还在各种节目中组织评论，痛骂 18 位路人的冷血，也谴责司机无视人的生命的犯罪行为！10 月 9 日晚的《震海听风录》节目中，主持人邀请了三位嘉宾讨论小悦悦被碾轧而无人相救的事。在谈到为什么 18 位路人经过而不出手相救时，三位嘉宾都认为，是因为道德的缺失，市场经济导致贫富悬殊而形成人际关系的冷漠，宗教在我国的影响太小，等等。这些分析没有错，但没有切中要害，要害是什么？不在群众，而在于我们的党风和社会风气还没有根本的好转。官场上的贪污受贿没有从根本上受到遏止，老百姓自然就产生了“各人自扫门前雪，哪管他人瓦上霜”的思想。加上近两年来数起法官对扶助受害老人案的错误判决，特别是彭宇案、许云鹤案这两起案件的判决，影响非常不好，使得原本就冷漠的社会氛围更加恶化，见死不救的现象自然也就出现了。帮扶了老人，做了好事，反被人说成是肇事者，引火烧身，何苦呢！胡乱判案的法官们啊，你们本应肩负起弘扬社会正气的责任，却起着毒化社会风气的作用。你们的良知何在？从某种意义上说，你们是历史的罪人！你们应当向社会和人民谢罪！

此外，最近卫生部发布了一个名叫《老年人跌倒干预的技术指南》的文件，许多人认为其出发点是好的，但发布节点非常不合时宜。在救人为本的社会风气还未形成及见死不救的事件不断发生的氛围下，发出这样的一个文件，给人的印象是对于老人跌倒、被撞等情况，人们不必操之过急，要慢慢来，区别不同情况加以处理。其实，救人就是救命，必须争分夺秒，和时间赛跑。往往差一两分钟结果就完全不同。我们应当大声疾呼，遇到任何跌倒或撞倒的老人，都应该上去扶救，这才是正确的做法。当然扶救也得讲究技术。

我们希望，政府部门、社会各界和有识之士，应当携起手来，大力倡导救人于危难的社会风气。对于那些见死不救者，应当加以谴责；对于那些冤枉好人或胡乱判案者，应当加以惩罚；对于那些救人者，应当加以表扬和奖励。这样，也只有这样，才能在我们的国度里形成一种互帮互助的良好社会风尚和道德风范。

（2011 年 11 月）

通货膨胀已经到了火烧眉毛的时候了！

通货膨胀猛于虎！通货膨胀的可怕情景让人们记忆犹新。

目前我国会不会发生通货膨胀，这是人们经常谈论的一件事。对这个问题，官方与民间有不同的说法。直到今天，中央有关部门的官员对每月的CPI上升都说是结构性的，我国的经济状况良好，不至于发生通货膨胀。温总理在他的政府工作报告中，也向国民保证，政府会把CPI控制在4.8%。但是国内外许多专家都认为，到目前为止，宏观调控的效果不是很显著，物价不但没有下降，反而普遍上涨，CPI月月上升，通货膨胀的压力越来越大，甚至可以说离全面的通货膨胀只有一步之遥！抑制通货膨胀已经到了刻不容缓的时候了！现在对通货膨胀用火烧眉毛来形容一点也不夸张。

广大中下阶层近几个月来受尽了物价上涨的苦头，他们不愿看到也承受不了全面通货膨胀成为现实。我们要躲过这一劫，许多专家学者都开列过一些药方，包括进一步提高存款准备金率，加息，继续收紧银根，加大力度控制投资规模，收紧出口，严控外资大量流入，动用部分外汇储备，在国际市场上采购同人民生活息息相关的粮油肉蛋奶类商品投放市场（这也是一种国家对百姓的物价补贴），等等。这里可能有一个问题使得中央举棋不定：怕国民经济大滑坡。其实，这有什么可怕的呢？即使GDP从两位数降到7%～8%又有什么可怕呢？试想，如果通货膨胀真的出现了，那才是真的可怕：百姓的生活苦不堪言不必说，政府的形象和威信受损，社会的和谐将受到创伤，怨声、骂声会不绝于耳……这些都是很难加以弥补的。通货膨胀如火烧眉毛，躲过通货膨胀之劫是眼前的头等大事。一些亚非国家已经因物价飞涨出现了动荡，港、澳地区居民也因物价上涨而抢购大米。对于国内的通货膨胀的危险，我们万万不可等闲视之，掉以轻心！这不是什么危言耸听，也不是杞人忧天！这是作为人民公仆、父母官应当具有的一种忧患意识。

（2011 年 6 月）

中国人口政策之我见

——议“全面放开人口政策论”

近30年来，我国在广大城镇实行一对夫妇只生一个孩子的政策，尽管在执行层面上方法比较粗暴，引起不少民怨，但有效地控制了人口出生率，从根本上确保了国民经济和人口的协调发展，大大地提高了人民的生活水平，这些都是有目共睹的事实。我国的人口控制政策也受到世界上许多国家的肯定和赞扬。

但近一两年来，特别是最近，有一些专家学者说，我国应当放宽一对夫妇只生一个孩子的政策，甚至要全面放开生育政策，否则随着人口的不断老化，20年后我国便会出现人力资源短缺，人力市场闹人力荒，从而会极大影响我国经济的持续发展，等等。还以日本为例，说明一个国家长期处于低出生率，会使青壮年人力不足，影响国家的经济发展。

其实，日本以及西方许多发达国家的经济长期处于低速发展，不是因为人力资源不足，而是因为受到经济发展周期性的制约和内部一些错误政策所致。美国不愿看到日本经济超过自己而逼迫日元升值，重创了日本的出口业，国内经济陷入萧条。这也是日本经济长期停滞的一个重要外部原因。欧洲一些国家如英、法、西、希等国，英镑、欧元长期处于高位，加上长期高福利形成的财政赤字，是使国家的经济处于低增长的主要原因。同这些国家的人口出生率低，没有什么必然的联系。这些国家失业率高就是证明。

我国改革开放以来，工业飞速发展，这些工业企业绝大多数都是劳动密集型的企业。近十年来大学毕业的学生成倍增加，不要说农民工找不到工作，就是大学毕业生的就业也成了一个社会问题，就是因为我们有一个过于庞大的劳动力市场。至于说十几二十年后的中国，我们千万不要忘记了一个事实：现在我国户籍人口有十三亿多，还有不少所谓的“黑人”、“黑户”。十几年以后这批“黑户”会形成庞大的人力资源。而且到了那时，我国劳动密集型的企业，大多已经转型为非劳动密集型的企业，许多工业企业将进入自动化阶段，劳动力的需求将大大减少，就像许多发达国家的工业那样，只见机器不见人，劳动比较密集的都是一些服务性的行业。到了那时，企业对劳动力的需求一定会大大减少，就像今天的日本、西欧和美国等发达国家那样。尽管发达国家在好几十年里，人口出生率都处于负增长，但青壮年的失业问题还一直困扰着它们。失业率高一直是社会不安定的重要因素。因此，那种担心十几二十年后中国会劳动力短缺的观点，是杞人忧天，是站不住脚的，因而是错误的。当然，几十年以后，老年人的比例会比今天多一些，这是事实。但只要国家富裕了，老百姓富裕了，又有一个健全的社会福利保障体系，社会人口老龄化又有什么可怕呢？政府和社会团体可以设立更多的老人公寓，招聘和培训大批为老人服务的专业人员和义工，不断完善老人服务事业。要转变人们在家里养老、终老的旧观念，树立在老人院养老、在老人院终老的新观念和新风尚。可以肯定，在将来的中国，老人服务是一项庞大的公共事业。

中国是一个地少（指可耕种面积）人多的国家。我们千万不要忘记了这一点。根据一些专家的估测，中国这个虽有 960 万平方公里土地的国家最多只能养活十六七亿人口，超过了这个数字就要出现社会危机了。今天我国人口的实际数字，按照一些专业人士的估计，至少也有 14 亿。如果按照一些学者的观点，现在城镇的一孩政策要放开，那么超过十五六亿人口就会变成现实。试想想看，这不是一件很可怕的事情吗？不要说穿衣、住房、医疗、教育等问题，光是粮食问题就是一个大麻烦。有的人会说，国内粮食自给不够就进口嘛。按照今天的人口发展速度，若干年以后，出口大米的东南亚国家也将会面临粮食供应不足的问题。地球就这么大，可耕地面积也是十分有限的，粮食的生育更是有限的。到时有钱恐怕也买不到粮食。针对这一点，国际粮农组织就曾发出过类似的警告。

再说，中国、印度今天的经济之所以发展得快，主要不是因为有庞大的青壮年劳动大军，而是制定了改革开放的政策，实行了市场经济。新中国成立后一段时间，劳动力资源也相当丰富，为什么经济停滞不前甚至处于崩溃边缘？那是因为囿于当时的国际环境和实行计划经济所致。

由此看来，中国要继续发展经济，不是要生育更多人口，拥有一支庞大的劳动力大军，而是继续实行改革开放政策，实行我们说的社会主义市场经济。要将劳动密集型的加工、制造产业的生产方式，逐步向自动化、数字化的工业生产模式转变。这才是我国经济不断发展的唯一出路。那种现在就要全面放开我国现行的人口政策的观点是错误的、危险的和不足取的。时间将证明这一点。

（2012 年 4 月）

为中央提出的两个重要的百分比拍手叫好

在2011年3月召开的第十一届人大会议上，温家宝总理在他的政府工作报告中，在谈到今后5年的任务时响亮地向13亿多中国人民提出：要把GDP控制在8%，要把CPI控制在4.8%。我们要为这两个重要的百分比拍手叫好！

这两个百分比是有关联的。8%的GDP的控制是实现CPI 4.8%的目标所必需的。而这两个百分比对于防止通货膨胀，实现社会安定，落实十七大提出的科学发展观和以人为本、执政为民的理念发挥着巨大作用，是构建和谐社会所必然。

我们知道，当前抑制物价上涨，防止通货膨胀是非常急切的，可以用火烧眉毛来形容。温总理在他的报告中也坦承，控制物价上涨是中央政府的当务之急，是今年的头等大事。近几个月来，由于物价连续大幅上涨，广大群众特别是那些中低收入阶层的生活苦不堪言，怨声一片。中央政府体察民情，掌握民意，响亮而明确地提出了要把消费物价指数控制在4.8%。这是一项非常得民心的举措。而要真正落实4.8%的目标就要采取一系列有力的宏观调控，如收紧银根、控制投资规模、压缩外贸出口、提高利率等，这样调低国民经济生产总值GDP就是不可避免的。

当然，能否把GDP控制在8%，除了中央的行动和措施之外，还有一个问题就是中央能否管住各省、市、自治区政府了。按照以往的教训，每当政府换届，GDP总是会大幅增长，因为新一届政府要创造政绩，最有效的方法就是增加新项目，扩大投资规模，千方百计增加出口。这一次中央能否实现4.8%和8%这两个百分比是考验中央政府和地方政府的一份考卷。我们期盼明年这个时候政府能够拿出一份让人民满意或比较满意的答卷来。

其实，GDP 经过十多年两位数字的增长之后，不管是从落实科学发展观，还是从治理环境污染或资源的科学利用以及外贸过快增长带来的负面影响等方面考虑，都应该把 GDP 的增长速度降下来，稳定在 7% ~8% 就足够了，也是一个比较合理和现实的百分比。现在是我们放弃片面追求 GDP 高速增长的时候了。

雷声已经轰隆隆地响过，希望接着雨点也会哗啦啦地下来。现在 13 亿多的人民正等着一场好雨、大雨呢！我们在为总理提出的两个百分比拍手叫好的同时，也热切地期待着两个百分比的实现！

（2011 年 6 月）

中石油是如何暴富起来的?

——有感于中石油排名全球500强企业之首

英国《金融时报》目前发布全球500强企业排名，中国石油天然气集团公司成为全球最大的（3 293亿美元）企业。这是民族的骄傲吗？我不能完全苟同！这是中国的光荣？还真是令人唏嘘！我同许多网民一样，对这件事还真有点高兴不起来。对这样在短短二三十年里暴富起来的企业还真的不敢恭维！

中石油为什么能在短短二三十年的时间里成为全球首屈一指的大企业，而令有好几百年历史的美国美孚石油公司都望尘莫及？我想主要有三个方面的原因。首先是垄断。改革开放初期，还有一些民营企业在从事石油进口，但后来在加强国家对石油进口的谈判权的口号下，剥夺了石油民企的进口权，使全国石油进口的大权都集中在中石油、中石化这两家国有大企业手里，从此这两家企业独享石油进口的特许权。其次，实行暴利政策。由于它们有石油的垄断权，国内石油的零售价都由它们说了算，使得几年前国际原油价格下挫的日子，国内的成品油价却达到了历史的高位。在与国际接轨的口号下，常常是国际油价升，它们闻风而动，立即提价；当国际油价降，它们却迟迟不降或降得少。国际原油价没有大波动时，它们还变着法子提价，先后取消了90#和93#汽油，搞变相提价，真是让人叫绝！现在97#汽油升到了6块多钱的时候，广大群众叫苦连天，他们还大言不惭地说，油价还有很大的上升空间。为以后不断提价制造舆论，真是令人不可思议。说得不中听一点，中石油能在短短的二三十年的时间里，成为世界企业霸主，巨大的财富是从中国老百姓的口袋里掏出来的。中国的油大王啊，你们知道不知道你们现在卖的油比美国的还要贵？凭哪一条理由我国的油品零售价能比西方发达国家还要高？人均 GDP？人均工资？百姓的富裕程度？你们是还富于民呢，还是向老百姓巧取豪夺？是在构建和谐社会呢，还是在激化社会矛盾？你们的社会责任何在？社会良知何在？如果你们是民营企业那还情有可原，可别忘了，你们是国字号的企业啊！你们可能会说，我们是在为国家赚钱，没有私利。国有企业更不应该赚昧心钱。至于你们有没有私利，你们心里最清楚。你们扪心自问，你们那些管理高层年薪是多少？你们企业职工每月的工资又是多少？同其他垄断企业一样，你们企业中看门的、搞清洁卫生的、派报纸的，工资也是其他企业职工工资的几倍甚至是十几倍。你们究竟向国家交了多少税，又留了多少在本单位私用，你们心里最明白。古代的官僚都懂得不与民争利，怎么你们连古人都不如呢？再次，税率很低。一般而言，西方发达国家的油企税率都在60% ~100%之间，而我国油企的税率只在20% ~40%之间。国际油煤、天然气等能源开采的补偿费一般在10% ~16%之间，而我国同类的开采补偿费只有1%，比人家低得多。

这里还必须指出的是，你们为了达到牟利的目的，还常常使用欺骗舆论、欺骗世人的手法：当要提价时舆论质疑说，大部分国内销售的石油是自己开采、提炼的，你们应该少提或不提，你们就说大部分的石油是从国际市场进口的。而当某些国家批评你们，在国际市场抢油而把油价抬高时，你们就变了一个调，说你们的用油大部分是自己生产的。一个人两张脸，今天这样说，明天又是那样说，实在让人哭笑不得。

一个企业成了世界级的大企业，本来是件大好事，理应受到国人的尊敬和赞扬才是，但为什么许多中国人对此却嗤之以鼻，甚至痛骂呢？应当好好地反思一下。中国的老百姓是聪明的，他们的眼睛是雪亮的。你们还是多为老百姓谋利益，不要千方百计盯着老百姓口袋里的钱。否则，还会遭到更大的痛骂！作为一家国企，应少一点利欲，多一点良知和善心。对老百姓多一点让利，就会少一点民怨。

（2012 年 4 月）

国事天下事之我见

我想对凤凰卫视高层说几句话

我是凤凰卫视的一位忠实观众。我十分喜欢收看贵台的《全球连线》、《时事开讲》、《锵锵三人行》、《一虎一席谈》、《有报天天读》、《世纪大讲坛》等节目。看新闻，我基本上也是看贵台的新闻节目，觉得贵台的新闻比较客观、公正、神速。但是有件事实在令人费解：就是去年香港30万群众上街大游行，贵台却一反常态，视而不见、噤若寒蝉，对发生在自己身边的大事件不予报道，实在太不应该，令许多人非常失望。

事实上，作为一家有影响力的媒体，对世界上发生的事情，都应该进行客观的报道。就香港30万人上街这件事而言，不管媒体站在什么立场上，或支持，或反对，或中立，都应该加以报道。不报道就是失职。

这件事，不知贵台怎么看？

（2009年8月）

向凤凰卫视中文台《军情观察室》进一言

最近，凤凰卫视中文台的《军情观察室》在报道中美、台海军情时，总爱扯高嗓门，以一种危言耸听的语气，点评某些事件，给人一种唯恐天下不乱的感觉。12 月 5 日晚的节目，主持人和马先生评论美海军“小鹰号”航母，我方不批准它在香港泊岸，而经由台湾海峡驶回驻日本基地和美军派军事人员培训台军这两件事时，肆意夸大事件的含义和意图。说什么美军在我们家门口舞剑，耀武扬威，应积极协助台军应对台海危机，好像中美战争大有一触即发之势。这是一种十分错误的解读和评论。我们不要忽视，中美两国近来两军关系大有改善，如热线的开通、两国国防部长的互访等。大肆渲染中美的紧张关系既不符合现状，也不利于两国关系的健康发展。当然，中美之间确实还有不少问题，如台湾问题、高科技的解禁问题等。过分解读某些事件的做法是很不明智的，因为中美两国都不希望打仗，要是打起来，必定两败俱伤。难道你们希望看到中美大战，两岸人民互相杀戮吗？中美战争、台海战争不是什么好事，而是中华民族的不幸和灾难。

我们的传媒要正确引导大众，不要误导他们。就“小鹰号”过台湾海峡和美军培训台军这两件事而言，前者是因为他们原先打算到香港过感恩节的，想不到却被我方拒绝（后来我方又同意了），他们对此非常不满，于是在返回的时候经由台湾海峡，其目的是要表达他们的不满和愤慨的情绪，并没有更多的意思；后者，那是美军每年都有的事，几十年来都是如此。作为舆论导向的电视媒体，应当对这些事件，从事件发生的背景出发，作出客观的分析和评论，引导人们对事件有一个正确的认识，并且使事件朝着有利于人们期待的方向发展。在这方面，贵台的时事评论员邱震海、石齐平等人就做得比较好，他们在评论中美、中日、台海事件时，既对事件本身作客观的评论，又指出如何才能使事件向着有利于缓和、健康的方向发展，而不是火上加油、唯恐不乱。这才是正确的做法。如果像 12 月 5 日这样主持和评论，这样的思维方式，台海不打仗，中美不打仗才怪呢！

（2009 年 12 月）

乘党的十七大东风，掀反腐风暴，创安邦功业

——献给中央领导的一剂反腐药方

我是一名中共党员、退休教师。从教40多年，工作勤勤恳恳，受过县市的奖励。几十年虽碌碌无为，但始终关心国家大事和民族前途。俗话说，“天下兴亡，匹夫有责”。正是抱着这份责任感，为今天中国之崛起，民族之兴旺，党永远立于不败之地，尽一点绵力，也算是一位退休党员再发一分夕阳之光吧。

在最近几年中央会议上，我们的中央领导人曾多次在阐述反腐倡廉的意义时，都谈到反腐是关系到党和国家生死存亡的重大问题，不把反腐工作抓紧抓好抓到底，就有亡党亡国之危险。所以，“反腐救亡”是我们党对反腐斗争重大意义早已形成的一个共识。

我拜读过胡锦涛总书记和温家宝总理近两三年来的讲话和文章，我坚信他们是21世纪中国兴国安邦之栋梁，引领中华民族走进世界先进国家行列之统帅，反腐倡廉之英雄。基于这种认识、这份信赖，我才有勇气在古稀之年，对治理当今官员的贪腐问题，大胆地提出个人的看法和意见。鄙人认为，对有悔改的贪官实行特赦，是一个大胆而稳重的策略，是一剂起死回生的猛药！

当前中国官员的贪腐情况近几年虽有好转，但形势还是严峻的。这是目前社会的基本看法和共识。当前，国内外形势有利于我们进行反腐倡廉工作。现在是我们党的最高层下大决心，采取重大措施整治贪腐的时候了！

最近几年，以胡锦涛总书记为核心的党中央，在整治官员贪腐方面，采取了一系列措施，做了许多工作，也取得了骄人的成绩，

这些都是有目共睹的事实。最近国家药监局前局长郑筱萸被执行死刑，查处陈良宇案等，是中央高层下决心惩治腐败的例证。但是客观地说，现在还没有从根本上刹住官员贪腐的歪风。根本原因在哪里？就在于没有解决好有效监督的问题。过去我们国家的各级纪委和反贪机关，虽然做了许多工作，但实践证明都是比较乏力的，起不到有效监督作用。原因是这些机构先天不足，它一面世就规定受同级党委和政府领导，这就是它的致命弱点。自己监督自己，怎么能起到应有的监督作用呢？

第一，应在有效监督上下功夫。

什么是有效监督呢？以愚之见，关键有两条：一是组建一个由中央最高领导人直接领导、极具权威的机构，可以叫中央廉政委员会（叫什么名称可以研究）。它直接受胡总书记和温总理领导，只对胡、温两人负责。各省、自治区、直辖市设中央廉政委员会的派出机关，由中央廉委会垂直领导，不受地方党政领导。要赋予中央廉委会极大权力，对各级党政机关、企事业单位的工作人员，都有监督和查处的权力。只要廉委会根据群众的举报，掌握了一定的证据，就可以采取行动，讯问、查抄、拘留、刑捕，不管他的官职有多高，权力有多大。二是实行新闻舆论监督，包括人大和政协的监督。要通过立法，确立新闻舆论监督的法律地位。同时在法规中，都要规定舆论监督的正确导向，对那些借舆论监督胡编乱造，发表不实之词，恶意中伤别人者，也要用法律加以制裁。社会舆论监督，包括人大和政协的监督，是社会的一面照妖镜，它可以让那些胡作非为、贪污受贿者原形毕露，无处遁形。

这里要补充说一句，把廉委会置于胡、温的直接领导下，会不会使中央其他常委为难，不利于中央高层的团结共事呢？我看不会，也不应该。一个襟怀坦荡、虚怀若谷、高风亮节的党和国家领导人，应当把党和人民的利益置于个人得失之上，接受人民的监督。经过廉政风暴的洗礼，政治X光镜的透视，将更加证明自己是一名伟大的无产阶级革命家，忠诚无私的人民公仆，最后将受到全党和全国人民的衷心爱戴与尊敬。如果不是这样，那就另当别论了。当然，不另成立一个反腐机构也可以，但要把各省市的纪委改成垂直领导，直接向中央负责。

第二，对那些彻底坦白交代并退赃的贪官一律实行特赦。

在设立了中央廉委会和引进新闻舆论监督的基础上，借着今年即将召开的党的十七大的浩荡东风，由国家主席胡锦涛或由他授权中央廉委会，对全国各级官员和企事业单位的工作人员，郑重而庄严地发出号令：有这样那样贪腐问题的官员须在一定期限内，如30天或60天内，向中央廉委会或其驻各省、区、直辖市的派出机关坦白自首，彻底交代问题，经济上积极赔退。凡是能够这样做的人，均可保留他原来的职务，即对这些官员实行特赦。其所交代的材料保留在廉委会内，可不向社会公开。对在规定时间内，拒不坦白交代，执迷不悟者从严惩处；对那些利令智昏，携赃款潜逃国外者，一经检举揭发，将通过国际刑警引渡回国，罪加一等，绝不手软。

要采取上面这样重大的举措，可以说是一个惊天动地的大事件。这确实需要有战略家的胆识和勇气！毫无疑问，这将会在中国历史上添上光辉夺目的一笔，是一个划时代的大事件。

有的人会质疑说，这样做不是太便宜了那些贪官吗？我们怎能让那些贪了上百万、上千万人民资财的贪官，不受惩罚而继续掌权呢？提出这样的质疑是可以理解的。这样做是根据我国当前的实际情况而采取的一项有利于挽救、教育干部和保持社会稳定的措施和政策，是完全必要的。其一，对某些犯罪的人，在某种历史条件下，国家最高领导人颁布法令实行特赦，古今中外都有之。我们根据当前的实际情况，对那些坦白退赃、悔过思改的人，为什么不可以对他们实行特赦呢？其二，“缩小打击面，扩大教育面”和“治病救人”历来是我们党对待犯有各种错误的干部实行的政策。特赦那部分本质是好人，现在又能坦白悔改的干部，是贯彻上述党的干部政策的体现。其三，这样做，有利于稳定团结的大局。挽救一大批犯了罪的干部，就是保存一大批专门人才，并让他们在原岗位戴罪立功，这样就从根本上稳定了大局。有利于党的事业，有利于继续推进现代化建设。也是我党历史上大面积教育、挽救、改造干部的一次新尝试、新创造。因此，这件工作具有重要的现实意义和深远的历史意义。

还有的人会担心：掀起这样一场廉政风暴，采取这样一种举世瞩目的重大措施，会不会引发中国政坛的大地震，影响当前中国社会稳定的大局，甚至发生动乱呢？笔者认为一定不会。因为我们相信，大多数犯有贪腐问题的官员，只要让他们明白：拿了人民千百万资财，终究是要受到人民的审判的。使他们认清当今的反腐形势：这场廉政风暴是以全党、全国人民作坚强的后盾，来势不可逆转。再给予他们一个坦白交代、改过自新的机会，并且对他们晓之以理、动之以情，他们一定会理智地选择坦白之路，重获党和人民的谅解的。其理由是，我们对这些官员有一个基本估计：这些人长期受党的培养、教育和信任，他们中的许多人确实为党和人民做过许多好事，作出过不俗的贡献，其本质是好的。只是这些人，在不完善的体制下，在“有权不用，过期作废”和“不贪白不贪”、“你贪他贪我也贪”这种坏风气影响和裹挟下，再加上看到这些年来东窗事发率很低，他们有意无意地作出了一种错误的选择，陷进了贪腐的深坑。从理论上讲，我们今天有责任去帮助、挽救这些本质是好人，后来不自觉地掉进了贪腐的深坑的干部。不这样做叫作“见死不救”，我们党和国家将失去一批中坚力量。如果我们这样做了，挽救了一大批干部，实质上也是挽救了我们党的事业。这是我们对这个时代的一个伟大贡献。如果我们因此把贪腐问题解决好，并建立起一套预防、遏制、监督、惩罚贪腐的机制，这将是一件为我们的子孙后代造福的伟大工程，其意义不亚于党的十一届三中全会，是21世纪的一座伟大丰碑。如果说十一届三中全会从根本上扭转了过去以阶级斗争为纲，闭门锁国的错误路线，确立了一条以经济建设为中心，对内改革、对外开放的路线，那么这场廉政风暴，就从根本上解决了近三十年来官员的贪腐问题，铲除了官员贪腐的社会根源，净化了社会风气，建立了一套监督、管理官员的有效制度，并且将再一次证明以胡锦涛总书记为核心的党中央，以胡锦涛、温家宝为杰出代表的中国共产党人不愧伟大、光荣的赞颂和先锋部队的美称！

当然，肯定也会有一部分贪官，他们顽固不化、死不悔改，错误地估计形势。或者认为他们的问题不会被揭发，可以蒙混过关；或者认为只要潜逃到西方国家，隐姓埋名就可以逍遥法外，不受制裁。对于这些死撑到底，决心与党和人民为敌的贪官，只好在这场廉政风暴中，在廉委会和社会舆论的震慑下，把他们一个个揪出来；即使有人逃到国外，也要通过国际刑警，运用国际有关追逃条约把他们引渡回来，送上审判台，给予严厉的惩处。同时在经济上，让他们把贪腐得来的钱彻底吐出来，决不让他们在经济上占到一星半点便宜。

说到这里，有的人会说，贪官坦白、退赃，官位照旧，是不是太便宜了他们？担心他们以后继续掌权还会继续贪腐。如上所述，他们中不少人本质是好的，为人民做过许多好事，给他们一个改邪归正的机会是正确的，这是我们党的一贯政策。至于还让他们继续待在领导岗位上，也是给他们一个戴罪立功的机会。以后这些人继续利用人民给予的权力贪腐，那也是有可能的。遇到这种情况，我们有廉委会或纪委和舆论监督这两把尚方宝剑，一定会把他们揭发出来，暴露在阳光下，来一个新账、旧账一起算，把他们押上审判台，接受法律最严厉的惩处。这是毋庸置疑的，大可不必担忧。

诚然，掀起一场廉政风暴，采取上述解决贪腐问题的重大举措，需要精心策划，周全安排。如何稳定军队和武警部队，改组地方纪委或筹组廉委会等一系列极其重要的工作，需要从教育、组织方面认真细致地做好工作。特别是改组地方纪委或建设廉委会，需要一大批党性强、作风正派、公正廉洁的好干部，必须通过各方考察、群众评议慎重挑选。除了在原来纪委系统选调外，还可以在近十年退下来的领导干部中，动员一部分身体好又廉洁奉公、刚正不阿、群众口碑好的领导干部，回来工作一段时间，还可以在政法系统和近年或即将毕业的一些重点大学的毕业生中，选拔一批人进入廉委会和党政部门工作。纪委的改组或廉委会的组建非常重要，它是关系到这场廉政风暴能否取得成功的重要条件。

至于掀起这样一场廉政风暴，会不会影响整个国民经济工作的正常运作，甚至导致瘫痪呢？笔者的看法是否定的。即使有的地方或部门的官员涉及贪腐，如前面所分析的，他们当中的大多数甚至绝大多数人会走坦白交代的路，他们仍然会继续留在原来的领导岗位上。党和人民给了他们一个立功赎罪的机会，相信他们一定会珍惜这个机会，更加努力工作，把自己肩负的那个担子挑得更好。如果他们中有的人，想借机搞乱行政和经济工作，那他一定打错了算盘。个别地方或单位如果确实存在干部缺失问题，中央随时可把空缺填补。而且一个单位或一个部门不是只靠一把手，而是靠下面若干个职能部门的工作人员才能运作的。实践证明，一个单位或部门短时间内缺失一两个主要领导是不成问题的。同时，中央应在这场廉政风暴中，借助这股东风进行机构改革，撤并机构、精简人员，达到精兵简政的目的。这也是一次为机关减肥瘦身的大好时机。

今天，作为党中央反腐倡廉的坚强后盾的千百万共产党员和亿万人民群众，期盼着荡涤社会污泥浊水的廉政风暴的到来，让我们张开双臂，迎接一场暴风雨的来临吧！一场暴风雨过去之后，中国共产党将更加伟大、光荣、正确，更加朝气蓬勃，我们的祖国将更加繁荣富强，我们的人民将更加团结、自信、和谐、幸福！

（2009 年 3 月）

从“金砖四国”第二次峰会说开去

凤凰卫视时事评论员何先生，在4月20日的《时事亮亮点》节目中点评“金砖四国”第二次峰会时，特别强调它的政治意义，说这四个国家的GDP加起来远远超过美国，是一支了不起的力量，足可以与超级强国美国抗衡。如果中国、俄罗斯、印度、巴西联合起来，还有利用东盟10+1、上海合作组织，我们就可以实现中国梦了。

中国、俄罗斯、印度、巴西四个国家都幅员辽阔，人口众多，近二三十年来经济发展迅猛，发展潜力很大，可成为世界发达的经济体。“金砖四国”的提出者是美国的一位经济学家。这个名词传开来以后，有人认为如果这四个国家联合起来，就可以变成一个强大无比的经济体，这才有了后来的第二次“金砖四国”高峰会。这四个国家虽处在不同的洲，但同属发展中国家，且经济发展迅猛，发展潜力很大。在后金融危机时代，彼此加强交流，增进互补，无论对发展本国经济或对于带领世界走出金融危机，增强世界经济活力都是有好处的。这些都是事实。

但是，如果把“金砖四国”高峰会赋予其政治意义，甚至以此作为与美国抗衡的一支力量，就大错特错了。这如果不是政治上的无知就是头脑发热，患了高烧症，是一种冷战思维。这是因为：第一，这四个国家，根本就不可能成为一个政治联盟。印度是美国的准盟友，它不可能站在反美的立场上；俄罗斯、中国虽然与美国有着这样那样的矛盾，但都不想与美国为敌，因为他们都知道与美国为敌只会把自己拖垮。第二，聪明的政治家都明白，发展中国家奉行不结盟政策，才是安全的、明智的。谁要是想通过“金砖四国”结盟，或明或暗地与美国对抗，是非常不明智和危险的。只有政治上的疯子，才会那样想、那样做。

当今，我们有一些人患了一种民族狂躁症。他们认为中国30年来经济高速发展，便将和平崛起估计得太过乐观，冲昏了头脑。我们要对30年的发展有一个清醒、正确的认识。我们确实比过去富裕了很多，强大了很多。但我们是一个有13亿多人口的大国，按人均GDP计算，我们的人民还很穷。我们不应妄自菲薄，但也不要狂妄自大，不可一世。什么G2论（即中美共治世界），什么不能把世界交给美国，我们要做世界的主人，把快要成为第二大经济体和美国最大的债权国的中国看成是世界“二哥”，可以同美国平起平坐了，甚至说快要取代美国了，等等。这些言论和观点是一种狂妄的表现，太没有自知之明，是“蚂蚁缘槐夸大国”。认为中国的GDP世界第二，外汇储备世界第一，是美国最大的债权国等，就认为中国是富国；把航空器送上太空，导弹可以达到千里、万里之外，拥有原子弹、氢弹等看作是强兵。而且认为美国正在走下坡路，中国正在崛起，所以就得出结论说，当今世界不能让给美国，一定要与美国争高下，争夺世界领导权。他们认为美国是不会将世界领导权拱手让给我们的，所以要通过军事手段，把世界领导权夺取过来。上述这种思想，虽然是一部分人的思想，但却是十分危险的。它会把中华民族引入战争的轨道上去，把一个好端端的、欣欣向荣的中国，引向生灵涂炭的泥潭中。

在这里，需要指出以下几点：

中国正在崛起，这是客观的事实，但美国没有走下坡路，还处在鼎盛时期。把“9·11”事件和2008年的金融风暴，看作是美国走下坡路的一个标志是完全错误的，也是没有根据的。千万不要以为我们买了美国许多国债，就以为我们要比美国富裕；看到GDP总量世界第二，就说可以与美国平起平坐了。这是一种妄自尊大的表现。其实我们同美国的富裕程度还差得非常远。至于说到强大，与美国相差就更远了！无论是军事、科技、人才，还是其他的软实力。此其一。

我们和美国这个世界超级强国相处，不可与它争锋，不可与之争夺世界领导权，更不可以武挑衅，而只能同它和平相处，和平竞赛，相互学习，共同进步。我们中央领导人不是反复强调要和平崛起吗？所谓和平崛起，就是不以损害别人、别国的利益为前提，在自己发展和崛起的整个过程中，不通过武力掠夺或以武力相威胁。即使对一些比自己弱小的国家也不能诉诸武力。当然，在崛起过程中，我们与美国必然也会有这样那样的矛盾，少不了会出现磕磕碰碰，但绝不能与之硬碰硬。至少时间和环境还不允许我们这样做。在还没有到达一定斤两的时候，硬碰是自不量力，只能以失败收场。而到了足以同人家抗衡，甚至比对方还要强大的时候，对方自然会让你三分，不战而屈人之兵。德国、日本和其他老牌殖民主义者走过的老路，是我们的前车之鉴，我们应当牢牢记取。此其二。

千万不要以第三世界、发展中国家的领袖自居，而应当把自己看成是发展中国家的一员。中国有一句老话叫作“枪打出头鸟”，古人也说“木秀于林，风必摧之”。如果做与美国对抗的出头鸟，甚至要做取代美国的军事强国，是非常不明智和危险的，肯定会把中华民族拖进残酷的战争处境中。这样我们奋斗了几十年的改革开放的伟大成果将毁于一旦，付诸东流。这样的一种结局，广大共产党人不会答应，13亿多的中国人民也不会答应。在军事上只要能达到有效保卫我们的领土、领海、领空就够了，何必要与美国争高低呢？在大多数百姓还不富裕的情况下，与美国搞军备竞赛是不明智的、愚蠢的。苏联与美国搞军备竞赛而被拖垮的教训，还不应当吸取吗？难道我们还要重蹈人家的覆辙？那些整天想要做世界“一哥”的人该清醒了！

（2009 年 5 月）

坚定不移地走改革开放的道路

我们在一种忐忑而又喜悦的心情中送走了坎坷不平而又令人骄傲喜悦的2009年，迎来了2010年！

回望历史，我们走过的30年，是邓小平开启、亲自导航的，由广大中国人民组成了一艘巨轮，乘风破浪而又历经艰难险阻，取得了令世人瞩目的巨大成就的30年。GDP总量世界第三，外汇储备世界第一，成为美国最大的债权国，军事装备、航天技术等方面仅次于美俄，在外交方面更有长足进步，在国际事务方面日益发挥着举足轻重的作用。总而言之，经过30年，中国已经成为世界上一个不容小觑的重要国家。

我认为，邓小平30年前所确立的改革开放路线是不可逆转的，因为实践已经证明：这是一条把中国引向现代化强国的正确路线。谁要是把中国再拖回30年前的老路上去，广大的中国共产党人和全体中国人民是绝对不会答应的，一定会全党共讨之，全民共诛之，一定会遭到历史的唾弃！关于右派上台，全面复辟资本主义的提法不妥。何谓复辟资本主义？哪些是资本主义的东西？市场经济是不是资本主义的东西？现在我们也在实行市场经济，而且还要求西方国家承认我们的市场经济地位。中国30年的实践已经证明，资本主义也有好东西。对于资本主义的好东西为什么要拒绝呢？我们要反对全面西化，不搞拿来主义，盲目照抄照搬西方整套东西。我们要把西方好的东西中国化，就是说，我们要在学习中，根据中国的实际情况加以运用，形成有中国特色的东西。洋为中用，这是我们应取的态度。

今后的30年，不管是谁掌舵，中国这条巨轮，都一定会沿着改革开放的道路前进。但还会不会像过去30年那样，以GDP年均两位数高速发展呢？我看未必。今后有三个因素在制约着经济的高速发展：第一，作为上层建筑的政治和社会体制的改革滞后。我们必须好好进行政治和社会体制改革，如民主制度的完善，民主选举的扩大，全社会的保障体制的建立和完善，农民土地的流转，城乡拆迁制度的改革，二元户籍制度的改革，教育公平政策的建立和落实，等等。第二，抑制国进民退的势头和特殊利益集团的膨胀，保护和促进民营企业的发展，适时地调整主要靠出口的经济增长模式。第三，我们在崛起的过程中，要处理好同周边国家以及发达国家之间的关系。千万不要过高地估计自己，不要过分地炫耀我们的国力、军力，造成一种咄咄逼人的态势，还要继续韬光养晦，不要给自己树敌。“木秀于林，风必摧之”这是中国很有哲理的名言，我们必须牢牢记取。

自美国有人提出G2论，国内出现了一种很不好的气氛，大谈中美两国共治世界，好像现在世界就只有中美两强了。所以最近当看到美国向台出售武器、奥巴马接见达赖时，国内一些专家发表了一番要与美国对干的言论。在朝核、伊核以及气候变化等国际问题上，美国人采取不合作的态度，甚至卖武器给一些美国认为是支持恐怖主义的国家。对美国的做法，我们当然要斗争，但不应破坏中美合作的大局，要秉持有礼有节的原则。G2论的提法是危险的，也是不符合实际的。我们离与美国平起平坐还有好些时日呢！妄自尊大是不可取的，必然遭到西方国家的围堵，这对中国的和平崛起是十分有害的。

只要我们处理好了以上几个问题，中国今后的30年就能和平崛起，破浪前进！

（2010年10月）

但愿这次机构改革不再重蹈覆辙

新中国成立以后，从50年代到今天，我国进行过多次大规模的政府机构改革。但十分遗憾的是，几乎每次改革，被砍掉的机构不久之后又会以形势发展需要为借口，慢慢恢复起来而且越来越肿胀。

现在各级党政机关机构臃肿，人浮于事，办事效率低，官僚作风严重，有利则争，无利则推。不少机关工作人员很多时候都是一张报纸一杯茶过日子。每天临到下班，不少人就忙着打手机、找饭吃、寻乐子。这些都是有目共睹的事实，也是公开的秘密。这就是当前机关存在的弊病。

一个以提高政府办事效率、精简工作人员为目标的大部制的机构改革正在本届人大会议上研究商讨，这是值得我们期待和庆贺的。过去政府机构分得很多、很细，办一件事往往要涉及好几个部门，部门之间或相互扯皮，或相互争利，办事效率很低，所以必须改革。这是深化改革开放的必然，是和平崛起的需要，也是一项合民心、顺民意的举措。

当然，机构改革要取得成功，一要下大决心，二要坚持到底，否则就会前功尽弃。现在有人就怀疑这次机构改革会不会同以往一样，虎头蛇尾，这种担心和怀疑不是完全没有理由的，因为有前车之鉴。我们期望这次机构改革能够取得成功！希望在若干年内能实现真正的大部制，达到精兵、简政、高效、廉洁的目的。这是考验我们的领导人是否真正以国家利益为重、以人为本、以百姓为依归的一道考题；也是对我们的公务员是站在人民之上的官老爷，还是置身于人民群众之中的人民公仆的一次检验。

机构改革是政治体制改革的一部分，是一场自我革命，必然会触及某些单位和个人的根本利益，遭遇到这些既得利益者的顽强抵抗！这是必然的、毫无疑义的。这次十一届人大一次会议上改革的较量就证明了这一点。如果机构改革都这么难，都不能成功，那么更重要的核心的政治体制改革就更是寸步难行了。但我们相信，只要中央高层拿出战略家的胆略和气魄来，在全国人民的全力支持下定能冲破重重阻力，达到改革的目的！

（2009 年 10 月）

请问要将中国引向何方？

——谈何亮亮介绍的《中国梦》一书

2010年2月16日晚，凤凰卫视中文台的《时事亮亮点》节目主持人何亮亮先生，介绍了北京的一位军事专家刘明福的一本新书《中国梦》。

刘先生在这本书中宣传的一个中心主旨，就是中国要实现军事强国之梦。他强烈主张，中国在经济崛起、GDP居世界第二的今天，要与美国争夺世界领导权，取代美国成为世界上第一军事强国，要做世界的设计师。他主张和平崛起就是军事崛起，经济强国不算是世界强国，只有军事强国才算得上是名副其实的世界强国。他说当今的世界太乱了，我们不能把世界交给美国。言下之意就是中国要主宰世界，领导世界。主持人何先生非常赞同和欣赏刘先生的观点，认为这本书向世界发出了振聋发聩的声音，赞美之词溢于言表。这同他近来极力鼓吹的中美共管世界的G2论，不仅有异曲同工之妙，而且比G2论更上一层楼！

刘先生书中的各个章节都充满了浓浓的火药味，主张中国要集中财力，尽快建设一支强大的军事力量和最现代化的武器装备，随时准备与美国这个当今世界的超级大国，超级强国一较高下；他认为，不与美国对着干，一较高下，怎么能够争夺美国的领导权、话事权呢？不与美国拼，又怎能取代美国的霸主地位呢？很明显，刘先生的这些观点透露出其以军治国、称雄天下的先军思想。这是一种十分危险的治国理念！现实告诉我们，凡是搞先军政治的人，都没有好下场！这样的国家一定会民不聊生、民怨沸腾！

当然，我们不是要反对建设现代化的军事力量。我们应当在实现经济强国的前提下，去建设我们强大的现代化的国防，使我们的军队肩负起保卫国家领土、领空、领海不受任何人侵犯的责任。在我们的经济还没有真正实现现代化，我国大多数农民还处在比较贫穷，我们同美国在科技、人才等软硬实力方面还有很大差距的情况下，硬要同美国较高下、争“一哥”、扳手腕，实在还不是时候！否定与美国合作交往，和平竞赛，这完全是一种赌徒心态，是十分不明智的，也是极其危险的。我们在还没有力量与美国一决高下的时候，就要与美国硬拼，这是不自量力；就是二三十年后，我们同美国平起平坐了，也不应当去争夺什么世界领导权，企图取代美国的霸主地位。中国历届最高领导人都向世界宣誓：我们永远不称霸。如果那种誓与美国争夺世界领导权、取代美国的霸主地位的思想成为国家领导人的思想，世界大战就一定会打响，就一定会把中国引向危险的境地！几十年改革开放的伟大成果，必然会葬送！中国人梦寐以求的实现四个现代化的理想就可能会破灭！至少也会大大减缓中国现代化的进程。这绝不是什么危言耸听，而是合乎逻辑的必然结果。

世界近代、现代史已经证明：单极世界是不稳定的、危险的。只有多极世界，这个世界才稳定、才安全。今后的几十年，甚至百年，这个世界一定是一个多极世界，一定是由美、中、印、俄、欧、日等多极共治的世界。任何一个国家想要主宰世界、独霸天下，都不会被世界各国所接受。这就是结论！

（2010 年 9 月）

什么是大国的战略目标？

2010年7月8日凤凰卫视的《时事开讲》节目中，评论员杜平先生在评论由韩国一家报纸转述的我军一位少将的一句话“南海事关中国的核心利益”时说，中国这样的一种表态太迟了，早就该这样，只有这样才能打破美国对中国形成的包围圈。理由是中国已是崛起中的大国。大国不仅要是经济大国、政治大国，更应当是军事大国。大国要有大国的战略目标。他还以美国的崛起为例，说明美国当年是如何在独立后一步步把英国人、荷兰人和其他的欧洲人赶走，使自己走向太平洋、大西洋、印度洋，一步步走向世界的。这种说法是十分错误的，也是十分危险的。

自从中国实行改革开放之后，西方国家特别是美国在政治外交上、经济上的围堵和封锁政策被打破了，但是在军事上的围堵态势却没有发生根本性的改变。他们构筑的第一、第二岛链，随着中国军事力量的日益增强，他们亦有变本加厉之势。如何打破和瓦解美国人的围堵政策，靠隔空宣示和喊话是没有用的，重要的是在经济实力不断增强的同时，实现我国军事的现代化、信息化，不断增强军事实力，造出先进航母，研制出高精尖的现代武器。当我们有了若干个航母战斗群和有效攻击现代航母的致命武器的时候，那时，也只有到那时，我们才可以“不战而屈人之兵”。有了以航母为核心的海军，又有威慑航母的锐利武器，我们的航母就不仅可以在自己家门口的东海、黄海、南海航行，而且很自然地也会在同我们国家利益有关的海洋航行了。我们还需要喊什么“南海事关中国的核心利益”吗？那时，也只有在那时，他们构筑的第一、第二岛链才会被彻底粉碎，分洋而治的局面就会出现。

在我们的底气还不足的今天，同美国不能硬碰硬，有问题要用沟通和对话的方式解决，加强军事交流，特别是高层的军事交流是非常重要的。动不动就取消军事交流是非常不明智的。高层对话可以避免矛盾激化，避免擦枪走火，避免军事冲突。因为中国至少还需要几十年的和平环境，才能使我们国家真正地富强起来。现在如果打起仗来，必定两败俱伤，我们改革开放的伟大成果将被葬送。通过对话还可以相互了解，摸清对方的底细，知己知彼。当美国了解到中国在军事上有能力威慑他们的霸主地位的时候，他们就不敢轻举妄动，就会知难而退，这样做总比隔空喊话要好。这就是古代兵书上讲的“不战而屈人之兵”了。

再说，在今天的中国连一艘航母都没有的时候，光喊“南海是中国的核心利益”对美国是没有用的，因为你的底气还不足，你还没有实力跟美国人较劲，人家不怕你。但吓怕了的南海周遭东南亚各国，加上美国的挑拨，便会产生一种惧中思想和危机感，“中国威胁论”的暗潮就会更加汹涌澎湃，甚嚣尘上。他们就会本能地觉得，只有寻求美国的保护才是安全之策。这样的话，我们奉行的以邻为伴、睦邻友好的外交政策将大受影响，这对中国的和平崛起有百害而无一利。

杜平先生说，中国不仅要做政治大国，也要做军事大国，要像美国那样实现大国的战略目标。这是十分危险的。我们绝对不能走美国那条控制世界、主宰世界、独霸世界的扩张之路和霸权之路。事实已经证明，谁要是想主宰世界、独霸世界，到最后都不会有好结果、好下场。这样的一条不归路中国万万走不得。中国要走什么路？中国要走的是与世界同乐、同各国友好、和睦共处的博爱之路。将来即使有了航母战斗群，有了克制敌方反导系统的锐利武器，成了世界上强大的一流国家，我们也要平等待人，绝不能像美国那样恃强凌弱；要实施和平外交，不搞炮舰政策，以邻为友、以邻为伴，平等对待邻国和世界上一切国家。要知道，强和弱是一种变量，不是永远不变的。如果一个国家以为强大了就可以欺凌小国、弱国，那就大错特错了。弱国在一定的历史条件下可以变成强国，或者小国、弱国联合起来，就可以变成强国。当一个国家崛起后登上顶峰之日，可能就是它走向衰弱之时。美国是这样，任何一个大国也是这样。不走美国那条雄霸世界的路，即使你走下坡路了，有的国家崛起了，比你强大了，也不可怕，因为你没有敌人，你的朋友遍天下。

（2010 年 8 月）

一些大国扩军是福还是祸？

——新的军备竞赛令人忧

近来，许多大国在它们新一年的财政预算里，军费预算都大幅增加。不少国家的军费增加幅度都在两位数以上。当然，有些国家自力更生发展自己国家的军事装备属于正常的现象。中国就属于这种情况。中国是一个大国，陆疆、海疆都十分辽阔，又有13亿多人口，又是世界第二大经济体，发展同我们国体相称的军事力量是合情合理的，发展一些尖端武器也是很自然的事情。如有航母克星之称的东风－21、歼－20隐形轰炸机等。美国、印度、日本、俄罗斯等国均以此为借口，大呼中国威胁论，说中国倾尽国家之财力，大力发展军事力量。

根据最近一些媒体的报道，美国在未来的几年内将投入上万亿美元发展X37航天飞机、磁轨炮，还有X－37b和X－47b等尖端武器。仅2011年投放到发展导弹防御系统的钱，就达上百亿美元。印度的扩军备战也咄咄逼人，最近宣布要与俄罗斯联合开发第五代隐形战机和“尔什科夫上将号”核潜艇以及C－17战略运输机、P－8反潜机，还向美国购买大批“阿帕奇”武装直升机，向法国购买鲉鱼级常规潜艇等。俄罗斯也不甘人后，开足马力发展军备，向世人宣布十年内优先发展核武器，2011年国防采购要增长33%，普京说20年内用6 500亿美元发展海空力量。日本正在修改其防御大纲，改自卫队为国防军，大量购买美国的F－35等，疯狂地增强空中打击力量。

本来，在后金融危机时代的今天，各大国应当把钱放到发展经济、促进就业、改善人民生活上。这才是各国政府以人为本的上上之策，是一个对人民负责任的政府应该做的。但遗憾的是，美、印、俄、日等大国，置本国的经济和人民生活于不顾，人民在两位数字的高失业率和两位数字的CPI高通货膨胀率中煎熬，他们却为了实现大国梦和争当全球或地区的霸主地位，把许多钱投放到不该投放的现代武器的研发和生产上去。历史告诉我们，大规模的杀伤性武器不是拿来玩的，而是拿来杀人的，一些大国手中掌握了许许多多的现代武器之后，如果某个领导人头脑发热，一个不明智的决定，就可以使一次擦枪走火变成一场毁灭人类的世界大战，千百年来人类创造的精神文明和物质文明将会毁于一旦。这是一件十分令人担忧的事情。由此可见，大国扩军备战并非是世界人民之福，而是人类之大祸！最近出现的大国之间扩军备战，实在令人忧心！

我们真诚希望，一些大国的领导人千万不要意气用事，更不要为了自己的面子，甚至为了争夺地区或世界霸权，疯狂地扩军备战。谁实实在在为人民办了好事，造了福祉，人民会感谢你们，历史会记得你们！希特勒、东条英机、墨索里尼就是你们的反面教材！

正在扩军备战的各国领导们，你们应当醒醒啊！

（2011 年 3 月）

我对科学发展观内涵的一点认识

科学发展观，是我国第四代领导集体对马克思主义理论发展的新贡献，是中国特色社会主义理论的概括和总结。作为第四代党和国家领导人的胡锦涛同志，在他的十七大报告中对科学发展观有精辟的阐述。

他在报告中说："科学发展观的第一要义是发展，核心是以人为本，基本要求是全面协调可持续，根本方法是统筹兼顾。"这就是科学发展观的核心内涵，是十分正确的。

然而，我们还要知道，如何实现发展这个第一要义，就是要有发展的科学性和科学精神。而现在我们国家的发展，特别是经济的发展有点畸形，不符合科学性，远没有做到全面协调和可持续性。近十几年来，我国经济年增长率几乎都在两位数，我们的各级领导特别是地方领导，都为自己管辖地区的 GDP 增长而沾沾自喜。这是他们可用以炫耀自己伟大政绩并作为自己加官晋爵的资本。殊不知，这年年两位数字的增长率，是以许多重大牺牲为代价的。许多专家提醒说，我们不要再走别国走过的片面追求 GDP 增长的错误老路了，要注意发展的科学性即发展的全面性、协调性和可持续性，不要让我们的子孙后代咒骂我们。可悲的是，有的人却振振有词地说：发展就是硬道理，好汉不吃眼前亏，管他后代怎么样。

要知道，在我们每年 GDP 两位数字增长的背后，是以牺牲我们的环境（大城市的污染企业搬走了，大城市的环境看似好了一点，但是整体的环境却变坏了），赚取农民工的廉价劳动，低价强买农民土地为代价创造出来的。我们为什么不可以把 GDP 的增长速度放慢一点点？为什么别国走过的破坏环境的老路，我们还要跟着走？为什么要让那些大大小小的地产商的财富急剧膨胀？根据每年公布的富豪榜，财富增加最快的和排在最前面的绝大多数都是地产商。不言而喻，他们的巨大财富不少是靠巧取豪夺得来的。

庆幸的是，在党的十七大上，胡总书记的报告提出了科学发展观的战略思想。我们党和国家最高领导人已经深刻意识到前段时期发展失调的严重性。现在的问题在于落实。我们殷切希望，破坏我们世代赖以生存的环境，压低农民工的劳动价值，低价强买农民土地的悲剧不要再重演了。我们应认认真真落实以人为本，全面协调可持续发展，缩小贫富差距，给后代留下一个碧水蓝天的美丽环境，构建一个相亲相爱的和谐社会。

有良知的企业家们，压抑一下你们的财富欲望，为我国经济的科学发展行动起来吧！

（2010年9月）

落实科学发展观必须解决的几个问题

科学发展观是以胡锦涛同志为核心的领导集体，在中国社会主义建设的实践中，总结了国内外的社会发展正反两方面的经验教训之后，逐步形成的一个理论，是马克思主义中国化的产物，是中国特色社会主义理论的升华和发展，也是中国人民在现代化建设中积累的一笔十分宝贵的精神财富。

关于科学发展观的内涵，胡总书记在他的十七大报告和其他讲话中都有十分精辟的论述：科学发展观第一要义是发展，核心是以人为本，基本要求是全面、协调和可持续，根本方法是统筹兼顾。

世界上任何事物都有它自己的发展规律，这规律是不以人们的意志为转移的。一个国家的经济和社会的发展也是如此。违反了它自身的发展规律就会出问题，甚至会走向主观意志的反面，受到惩罚。我国改革开放 30 年的实践就证明了这一点。权力的高度集中，让一部分人先富起来，发展才是硬道理等，这些观点和提法在经济发展的初期是对的，但由于对这些观点和提法缺乏科学论证和配套措施，导致了官员贪腐，贫富差距越来越大，环境被严重污染，资源遭到破坏，许多官员片面追求 GDP，人们一切向钱看等一系列社会问题。

改革开放 30 年，经济发展到了今天，我国已经在美国、日本之后，成了世界第三大经济体，外汇储备居世界第一。这些成就当然是好事，但也不必太过在意，更不必骄傲自满。按 13 亿多人口来分，同发达国家相比还差得远呢！而且我们还应当看到，我们国家经济的飞速发展，GDP 的年均增长率的两位数字是在许多企业廉价获得农民土地，低价招聘农民工，污染环境的情况下取得的，这严重违反了经济发展规律，违反了科学发展观。

就中国今天的情况而言，要落实科学发展观，还有一段路程要走，但又必须尽快地加以解决。这些问题主要有如下几个方面：

第一是公职人员，特别是地方官员的贪腐问题。绝对权力必然产生腐败，事实已经证明，当各种权力都集中到一个人的手里，又缺乏有效的监督，腐败就必然发生。在现代化经济建设中出现了各种各样的矛盾，如三农问题、贫富问题、环境污染问题、体制改革问题、安全生产问题、食品安全问题、贪污腐败问题等。在这些矛盾中，工作人员的贪腐问题是主要矛盾，它直接影响着各种问题的解决。而解决这个问题的核心，一是实行小政府、大社会。把凡能下放的权力都下放，交给社会去办，这样不但更加有效率，而且可以大大减少腐败的产生。二是从制度上解决有效监督问题。在现有制度的基础上，改变监督机关的隶属关系，即由同级机关领导改成由中央垂直领导。三是通过立法，加强人大、政协的监督力度，引进舆论监督机制，使各级行政官员和企业的工作人员在阳光下行使权力。还有一点，我曾在给中央最高领导人公开信中提出的，对那些彻底坦白并退赃的贪官实行特赦，以挽救他们，并给他们一个将功赎罪的机会。

第二是三农问题和贫富问题。这是落实科学发展观的一个核心问题。农村、农业、农民问题从某个意义上讲，是一个决定我国前途、命运的重要问题，是我国现代化建设成败的关键。而三农问题，在很长的一段时间里没有引起足够的重视，只是在近十年中才引起中央的高度重视。现在许多有识之士都有这样一个共识：抓住了占我国人口 70% 的农民问题，就抓住了现代化建设的核心。从某种意义上说，国家的现代化就是三农的现代化。令我们欣慰的是，中央的一号文件都是关于三农的，并且在政策上，在人力、物力、财力上下大功夫解决三农问题：取消农业税，加大对农业的投入，免除义务教育阶段的学费，土地法的公布和实施，等等。这些重要举措受到全国人民的拥护和支持。我们相信，只要国家不断加大对三农的投入，实施公平教育，大力发展电力、交通和通信，依法打击一切侵害三农的行为，改革户口制度，逐步让农民有序向城市转移，逐步建立农村的医疗保障制度和养老制度，假以时日，三农问题就一定能够解决。

关于贫富问题，改革初期让一部分人先富起来是对的，但随着经济的迅猛发展，贫富之间的差距却越来越大了。据统计，现在我国的贫富差的基尼系数，已经达到 0.47，超过了 0.4 这条警戒线。所以，现在是我们采取有效措施，防止贫富差距进一步拉大的时候了。据统计，在我们国家，10% 左右的富人却占有 70% 的社会财富。这种情况正在威胁着社会的稳定，严重影响着现代化建设和经济的协调和可持续发展。近年来，一些群体事件的发生和贫富不公有着直接的关系。贫富问题也是我们构建和谐社会的一大障碍。

第三是环境保护问题。新中国成立之后，在五六十年代出现了大规模的乱砍滥伐林木的情况，大多数山头都被砍得精光。改革开放初期，特别是东南沿海各省，民营企业如雨后春笋般蓬勃发展，到处都是圈地、筑路，大兴土木，不少地方政府为了自己的政绩，为了 GDP 的高速增长，根本不考虑环境保护，致使废气、废水、废渣横溢，使环境遭到严重破坏：沙尘暴肆虐，洪水泛滥，长江流域有的村庄成了癌症村。环境污染不仅给我们国家带来了灾难，也引起了周边国家和地区的严重关切。我们再也不能用牺牲这一代和下一代人的健康，去换取眼前的高增长率了。再不下大决心治理被严重污染的环境，不仅别人会骂我们，我们的子孙后代更会咒骂我们。治污法规有了，机构也有了，问题是落实。不少企业之所以敢于长期偷偷地、变着法子地把废水排进河中，就是那些贪官包庇纵容的结果。贪官不除，污染难治。

第四是水土、能源等的保护问题。人力资源和水土、矿产、能源等自然资源，是一个国家的经济持续发展的重要保证。如果不重视利用和保护这些人力和自然资源，发展将成为一句空话。而改革开放30年来对自然资源的保护情况实在令人担忧。由于乱砍滥伐，水资源更加枯竭，许多水源遭到严重污染；盲目追求GDP而大肆圈地，可耕地面积逐年减少；煤炭等资源无序开采，造成极大浪费。令人感到欣慰的是，这个问题已经引起中央的高度重视。

第五是政治体制改革问题。政治属于上层建筑，必须要适应经济的发展。政治体制改革问题，是一个十分敏感的问题。有些问题，如民主选举和舆论监督是可以去试验的。经过30年的改革开放，中产阶级队伍壮大了，工人、农民的文化教育水平也有了很大的提高。这就为民主选举创造了重要的条件。先从县以下的基层去试验。不要前怕狼后怕虎，要有邓小平搞改革开放那种胆略和气魄。舆论监督有什么可怕呢！只要是立党为公、执政为民，就不怕人家监督。把政府的行政权力摊在阳光下，获得的将是人民的拥护。

我们希望落实科学发展观不要只挂在嘴边，更重要的是要一步一个脚印地去落实。如果我们各级干部都这样做了，我们国家的崛起就指日可待了。

（2010年岁末）

为当过知青的知识分子进入中央领导核心拍手叫好

在党的十七届一中全会上，选举产生了新一届中央领导机构。中央最高权力机关——政治局常委会有九名常委，其中四名新人中，习近平、李克强是解放后50年代出生，是在“文革”中当过知青的知识分子。我们要为他们进入中央领导核心拍手叫好！

为什么要拍手叫好？

首先，他们是“解放牌”，生在新社会，长在红旗下。

其次，他们的经历不平凡，是从最基层的党支部书记做起，直至省委书记，历练丰富。

再次，他们都经过许多磨难，当过农民，最了解三农问题。他们经历过文化大革命，受过不小的磨难，随后又上山下乡在农村生活了好几年，对三农问题认识很深刻，甚至可以说有切肤之感，因此对解决三农问题的重要性、紧迫性有更深的认识，对如何解决三农问题有更大的发言权。

我国是一个农业大国，有几亿农民。三农问题的解决，关系到国家实现现代化和中华民族的和平崛起。今天几亿农民总算有了代言人了（当然他们又是13亿多人民的代言人），所以值得庆贺，值得大书特书，值得拍手叫好！

这是几亿农民的心声，也是几亿农民的希望，同时也是13亿多人民的希望！

（2008年10月）

把握正确航向，开创大好局面

——学习十七届五中全会公报的几点体会

2010年10月18日，中共十七届五中全会在北京胜利闭幕并发表了公报。全会对即将提交审议的“十二五”规划，提出了重要的建议。它对我国今后五年在政治、社会、经济、民生、国防、外交等方面都提出了重要的意见，指明了方向。我们要好好学习公报的要点，领会公报的精神实质，紧紧把握“十二五”这条航船的正确方向，使我国在今后五年里，各个方面都有一个长足的进步，为在不远的将来建设成小康型的国家打下坚实的基础。

通过对十七届五中全会公报的学习，我的思考和体会主要有三点，想与大家交流、分享。

首先，中国要继续发展，在发展过程中要逐步提高居民收入在国民收入分配中的比重和居民的劳动报酬在初级分配中的比重。

发展是硬道理，发展是党和政府的第一要务。“关注民生，纾解民困”，应当是“十二五”规划的第一大亮点。正如公报指出，我们必须逐步完善符合我们国情、比较完整、覆盖城乡、可持续的基本公共服务体系，提高政府的保障机能，推进基本公共服务的均等化。

我们知道，投资、出口和消费是我国经济发展的“三驾马车”。过去，我们注重和依靠出口和投资。30年来我们一直这样做，也许是对的，但应当看到，靠人力密集型生产出来的低端产品出口，带来了一连串负面影响。曾经让我们骄傲的数万亿的外币储备引起了西方发达国家的不满和抨击，西方发达国家一直逼迫人民币升值。我们应当逐步减少出口，增加内需消费。

过去一段时间，宽松的货币政策，以中央和地方政府投资拉动GDP，已经引起了通货膨胀和物价上涨。天天跟商品打交道的普罗大众都深切体会到：近半年来，几乎所有商品都在涨价，部分商品轮番涨了多次。老百姓所感受到的CPI涨幅不是3.5%，也不是4.4%，而是更高。普罗大众在高物价之下苦不堪言，连许多白领阶层也都感到不小压力。但是有一些专家，甚至发改委官员却说要准备忍受4%甚至更高的通货膨胀率。有的专家学者，自己拿了政府的丰厚的专家补贴，不体恤低收入者之苦，真是站着说话不腰疼。专家也好，官员也好，应当到基层走走，到市场转转。此外，长时间以来，我国的GDP增长几乎都在10%以上，能否放慢一点？比如说控制在7%左右，而使CPI控制在3%以内。为什么中央提出保八的目标，结果却在9.8%，那是因为许多地方官员都对高GDP有浓厚兴趣。GDP是他们政绩的主要表现，是他们升迁的主要依据，所以即使手中没有钱，贷款、融资也要搞建设，譬如房地产。这也是许多地方政府，特别是地县级政府负债累累的根本原因。

据调查，美国占总人口5%的富人占有全国60%的财富，而中国占人口1%的富人却占有全国41%的财富。中国中产阶层所占的比例很小，而月收入只有2 000元左右的普罗大众却占了大多数，形成了一个金字塔形的状态。这不是一个正常、健康的社会形态。一个健康、稳定、安全的社会，应当是富人、穷人都占少数，中产阶层占大多数，形成一个橄榄型的结构。我们要落实党的十七大提出的以人为本、执政为民、和谐社会等理念，实现小康社会，就应当实行薄赋政策，向中低收入的人减税。现在个人所得税、高房价、高物价已经使得许多人，特别是中产阶层喘不过气来了，现在听说又要出台什么房产税。不少人认为，至少在当前的历史背景下，这不是一个明智之举，中央政府应当多听听民意，三思而后行。现在是国富民穷，而藏富于民、还富于民这才是上上之策。

其次，中国要和平崛起，不要过分张扬，应长期实行韬光养晦政策。十七届五中全会指出，我们要增强机遇意识和忧患意识，有效地化解各种国际矛盾，处理好与周边国家的关系和矛盾。和平崛起就是要静悄悄地崛起，不要过分张扬，韬光养晦是我们应当长期坚持的国策。

对于国际关系中出现的矛盾，我们应当把它放在整个战略格局的高度来考虑和处理，绝不要见鸟就放枪。我们的大战略是什么？就是我们至少在几十年甚至上百年内争取创造一个和平环境，实现中华民族的大复兴、大发展、大繁荣，使之成为民富国强的、世人瞩目的现代化国家。我们的一切内外政策，都应当服从于这个战略。毋庸讳言，经过 30 年改革开放的发展，中国真的发生了很大的变化。我们正在崛起，我们已经成为国际上举足轻重的国家。我们的军事和科技水平也不容小觑。太空飞行、飞船奔月、东风系列导弹、国际核俱乐部成员等成就都非常耀眼，值得引以自豪。但是，在成就面前，我们有些人包括一些专家、学者和部门官员却狂躁起来，自我膨胀。什么 G2 论（中美共治世界）啊，我们已经是“二哥”啊，对美不必看其眼色啦，甚至说邓小平说的韬光养晦已经不需要了，和平崛起就是军事崛起，不能把世界交给美国，要取代美国成为第一军事强国，中国的战略目标就是要控制“四海”、“两洋”，等等。这是一种“蚂蚁缘槐夸大国”式的自傲，是给中央高层的国际大战略帮倒忙，他们已经在实际上造成了不小的麻烦。我们客观一点看，中国并没有成为真正的“二哥”，也并没有发展到可以与美国这个超级强国平起平坐的地位。最近有一个世界各国综合国力排行榜，我们中国排在第十七位。这说明我们并没有像有些人说的那么兴旺发达、强大无比。我们不要被一些表面的数字所迷惑，也不要因为一两项科技成就（如航天、导弹）的发展达到世界先进水平而沾沾自喜。我们还需要韬光养晦。即使在几十年后真的成了“二哥”，甚至“一哥”，也不必太狂躁，太张扬，太不可一世。美国发展成为超级强国以后，不实行王道而搞霸道，在世界上骄横跋扈、为所欲为的教训我们要引以为戒，这条路我们万万走不得。历史和现实已经证明，世界是属于全世界人民的，不是属于哪一个国家的。谁要想独霸世界，主宰全世界人民的命运，一定会遭到全世界人民的唾弃。

我们期望别的国家尊重我们的核心利益，我们也应当尊重别的国家，特别是有影响力的大国的核心利益。随着时移世易和时代的发展，作为国际货币的美元和美国长期控制的一些国际组织如IMF、WBG等不可能永远不变。但是不可否认，美元既是国际货币，也是美国人的货币。美元霸权也好，IMF、WBG等国际金融组织也好，都是美国的核心利益所在。在当前的国际背景下，中国和平崛起需要一个和平稳定的国际环境，我们不应当正面去挑战它，这才是明智之举。我们应当记住“枪打出头鸟”这句古训，在外交场合，很多时候，有的话虽然正确，但也要看当时的环境、时间和场合。比如“南海是中国的核心利益”这句话，话本身虽然没有错，但由一位将军对外说出来，就吓倒了与我们有岛屿之争的有关国家，其负面影响不言而喻。最近我国外交部官员就我国与周边国家的政策作了全面阐述，以此作为一种补救措施，这就是一个例子。

要全面推进各个领域的改革。公报和“十二五”规划都强调，在大力发展经济，推进经济体制改革的同时，要积极稳妥地推进政治和社会体制以及文化教育体制的改革。马克思主义哲学告诉我们，经济是基础，政治、文化、科教是上层建筑。经济基础决定上层建筑；反过来，上层建筑也会反作用于经济基础。当生产关系阻碍生产力的发展的时候，人们就必须改革不适应经济发展的生产关系。现在，有些社会体制，在很大程度上，制约着经济的发展，或者说成为生产力进一步发展的瓶颈。大政府、小社会依然存在，垄断行业与一般行业职工的工资福利差距非常悬殊，教育中的重点学校、重点班名亡实存，机关中的贪腐问题依然没有得到有效的遏止，等等。这些弊端的纠正，都要拿出改革家和战略家的决心和勇气来。

无论是哪一项改革，必然会遭遇到既得利益集团的顽强抵抗。如何冲破阻力和抵抗，重要的是中央一定要依靠人民群众，即挟人民大众和社会舆论而令“诸侯”，这是改革的一个重要法宝。

（2010 年 12 月）

在解放思想的问题上，领导干部不要做叶公好龙式的人物

在党的十七大上，胡锦涛同志在他的工作报告中提出要继续解放思想，坚持改革开放。广东省委书记汪洋最近也旗帜鲜明地要求广东的干部要继续解放思想，认真贯彻十七大精神。随后省内各大平面和电子媒体也大力宣传。

宣传部门和专家学者就继续解放思想发表了大量的文章。谈解放思想的重要性和必要性的很多，但如何解放思想却谈得少，在上层建筑特别是在政治体制上，谈如何解放思想更是凤毛麟角或者不敢触及，给人一种雷声大雨点小的感觉。

什么叫作解放思想？就是想别人或前人没有去想或不敢去想，碰别人或前人不敢去碰的事情。1962 年为了解决粮食问题，刘少奇、邓子恢提出农村实行包产到户，是解放思想；1978 年邓小平提出的对内改革、对外开放，建立社会主义市场经济体制是一次思想的大解放。改革开放之后的今天成绩斐然，我国的 GDP 总量居世界第三位，外汇储备居世界第一。邓小平的解放思想已经结出了伟大的硕果。但是我国要和平崛起，走向世界富裕国家行列，我国的经济要进一步发展，就要继续解放思想并解决继续向前发展的瓶颈问题。什么东西制约着我国经济继续发展呢？按照政治经济学理论，上层建筑同经济基础的不平衡是主要矛盾。就是当前我国的政治和社会体制不适应经济的继续发展。中央和广东省委提出继续解放思想，就是在这样的背景下提出的，是非常及时和完全正确的。

讲解放思想不能只停留在口头上，也不能只瞄准经济领域，或者只对某些体制修修补补。当然，中国有中国的具体情况，不能照抄西方国家的东西，但也不能老强调中国国情而拒绝外来的东西。“他山之石，可以攻玉”这句老话是富有哲理的。别人的实践证明了的好经验，为什么不可以学习呢？最近，中纪委一位负责人在接受记者采访时说，根据中国国情，各级纪委不能采用垂直管理，理由是中国有13亿多人口，7 300万党员，都要中央管是不可能的。纪委只是党内的一个监督机关，地方各级纪委实行垂直领导还是分级管理，一级管一级，只是不受同级党委领导，改变原来的隶属关系而已，根本不存在中央一揽子管理的问题。实践已经证明，地方纪委由同级党委领导是起不到有效的监督作用的。我们认为，解决官员的贪腐问题应当大胆一点解放思想。

几十年来，我国形成了中国共产党领导的多党合作和政治协商制度，这是由中国国情决定的。但这样一种政治体制，也有改善的空间。比如地方基层的选举是不是可以扩大差额，甚至直选？人民代表、政协委员是代表民意共商国是的，代表和委员特别是工人和农民的代表，应当由工人和农民直接选出。现在工农的代表太少，而各级的官员比例太多，是否可以改变？（这一届情况有所改变，但也不尽如人意。）几亿农民也只有极少的代表，真可谓凤毛麟角。又比如，现在地方党委的一把手负责工程项目，负责土地开发，而且由一个人说了算，这是一种权力错位，应当改变。此外，长期以来广东地区的有线电视常常对香港电视台一些很普通的节目内容进行屏蔽，用广告取代，这种做法与解放思想是格格不入的。四平八稳，怕这怕那，只相信自己，不相信别人，是解放思想的大敌。要解放思想就要“破”字当头，破除私心杂念，破除只相信自己，不相信群众的官僚思想，拿出一点革命家和战略家的气魄和决心来，千万不要做叶公好龙式的人物。

有的人甚至拿稳定作为改革的挡箭牌，说得多做得少，不敢迈开大步。这就是问题所在。

（2008 年 11 月）

知青驭航，众望所归

——写在十八大闭幕之时

2008 年党的十七大胜利闭幕时，获知习近平、李克强两位曾经在“文革”前当过知青的知识分子进入党中央最高层——政治局常委会，本人就曾兴奋地写过一篇博文，认为这是中国几亿农民的福音。

我们广大的基层干部和群众看到，在现任的七位常委中，习近平、李克强、张德江、刘云山、王岐山五位常委都是当年的知青。在六七十年代，他们同当地的农民一起，在农村这个广阔的天地里，终日面朝黄土背朝天，一起摸爬滚打，同呼吸、共命运，他们对“三农”问题有相当的了解和认识。文化大革命后，他们又一步一个脚印地从最基层的村社干部当起，逐步成为省部级官员。他们这些人既有坚实的社会基础，又有完整的历练；既有较高的文化专业知识，又有良好的家庭教育背景。像习近平主席，他出身于老干部家庭，其父习仲勋是一位受人尊敬，有独立思考精神，不盲从、不迷信的老干部。他管教子女很严，教育子女不要张扬，要“夹着尾巴做人”。这些都造就了习近平主席严于律己、毫不张扬、外柔内刚的品质。

十八大召开，会风就给人一种耳目一新的感觉：代表们参加会议不封路，不扰民；会场内不摆鲜花，只提供矿泉水；不住高级宾馆，正餐也只有四菜一汤……所有这些，广大群众都拍手叫好！舆论认为，这是一次廉洁的大会。

中国是一个农业大国，有好几亿农民。“三农”问题非常重要，它不仅关系到几亿农民的福祉，农村、农业的现代化问题，也关系到国家经济、工业、国防、教育的现代化，关系到整个中华民族的伟大复兴，即“中国梦”的实现。正因为如此，习近平主席在他的报告中，不仅提出了要实现中华民族伟大复兴的中国梦，更加提出了为实现中国梦的一系列举措：坚持改革开放的路线，坚持走共同富裕的道路，实现农业现代化和推进城镇化建设，让亿万农民成为城市居民，建设有中国特色的社会主义新农村，实现整个社会保障和医疗保障的全覆盖。这是我国人民特别是几亿农民的福音。这怎不叫全体中国人民，特别是几亿农民拍手叫好呢？难怪有的农民兄弟说，让一群当过知青、同农民有血肉联系的知识分子掌权驭航，是众望所归！

（2012 年 12 月）

对正在崛起的中国之现状的一点看法

——兼评 G2 论

近两年，随着中国经济的蓬勃发展和外交战线的节节胜利，在国际上，特别是在美国政坛出现了一种 G2 论的说法。所谓 G2，即世界将由中美两个大国主宰。对这种说法，国内一些专家学者，以及一些媒体政论节目的主持人欣喜若狂，大唱 G2 赞歌，好像中国一下子成了与美国平起平坐的强国了，从今以后就是中美两个大国决定世界的命运和走向了。我认为，这种观点和看法是较为偏颇的，是很危险的。对正在崛起的中国，我们必须有一个比较客观和正确的看法。

毋庸讳言，中国是一个正在崛起的大国。在经济上，工农业生产总量（GDP）居世界第三，许多专家估计，明年即可超过日本，居世界第二；外汇储备达两万多亿美元，世界第一。在金融方面，在 2007 年下半年开始的世界金融风暴中，中国的金融体系表现十分稳健，丝毫无损，资金充足，物价比较稳定。在实体经济方面，虽然出口受到很大冲击，但今年 GDP 还可以增长 8%。在亚洲、在世界都可以说是一枝独秀。在外交方面，今年初以来，胡主席、温总理及几位政治局常委频频外访，足迹遍及亚洲、美洲、欧洲、非洲，成果累累，捷报频传。特别是经过去年北京奥运会和今年建国 60 周年国庆阅兵，大壮了国威，让世人看到了中国的崛起。所有这些都是不争的事实。就是在这样一种背景下，西方国家的某些政客抛出了 G2 论。我们国内一些专家学者和新闻界的人士，也飘飘然地跟着起舞，大谈中美两国共管世界，领导世界。笔者认为，首先，西方某些政客抛出 G2 论，很可能是一个阴谋，是别有用心的，就是要把中国拖进责任大国的陷阱里：中国是与美国平起平坐的大国，就得在众多的国际事务诸如环境保护、节能减炭、裁军、联合国费用承担、援助穷国等方面，发挥更大的作用，承担更多的义务。实际上就是要把一个隐形的枷锁，套在正在崛起的中国脖子上。我们万万不可上当！我们不要把圈套当成赞美！不要把一颗有毒的糖果吞下肚子里！其次，西方的某些政客之所以抛出 G2 论，大肆吹捧、讨好中国，是因为他们看到了中国是一块大肥肉，其用心不良呀！我们必须警惕！

我们还是发展中国家，顶多只达到中等发达国家的水平，要与美国平起平坐、势均力敌，还有很长的一段路要走呢！我们中的一些人太浮躁了！

（2009 年 11 月）

为胡主席对日外交的新思维叫好

自日本前首相安倍晋三访华以后，日本福田康夫首相和中国总理温家宝又进行了互访。中日关系经历了“破冰”、“融冰”阶段。最近，胡主席又进行了“暖春”之旅，中日关系进入了一个前所未有的新阶段。在这次访日期间，胡主席提出了“正视历史，面向未来，不断开创中日战略互惠关系”的新思维。这是很值得肯定和褒扬的。

它新在哪里？新就新在不纠缠历史而面向未来。这是大国的风范！

中日两国一衣带水，两国人民的交往源远流长。中日两国都是东亚具有举足轻重地位的大国，是世界重要的经济体。我们有千个万个理由友好，而没有半个理由交恶。但不幸的是，70 年前，日本军国主义发动了一场对中国的侵略战争，给中国人民，也给包括日本人民在内的亚洲各国人民，带来了深重的灾难。对于这段历史，我们应当像胡主席说的那样：“牢记历史并不是要延续仇恨，而是要以史为鉴，面向未来。”其实日本人民在那段历史中也是受害者。

以史为鉴，面向未来，这才是强国的风度和气量。如果人家的领导人认错了，就不要老揪住别人的痛处不放，老算旧账。老揪着历史问题，不是大丈夫的气度，不是一个泱泱大国的气度，只会煽动起两国人民之间的民族情绪，使仇恨世世代代延续下去。这对两国人民都是不利的。

做朋友就要互相支持和谅解，当然这种支持和谅解不是无原则的。中日自建交以来，日本每年都给我们提供大笔的日元贷款，特别是对我国改革开放初期的经济现代化建设，起过十分重要的作用。这是一个不容否定的事实，我们没有理由不去感谢人家。还有，日本是一个大国，是世界第二大经济体，它对世界经济的发展有着重大的贡献，特别是在交纳联合国经费方面仅次于美国。

只要我们处理好了以上几点，缔结友好条约，结成战略合作伙伴关系，成为世代友好的邻邦是可以实现的。如果处理好了，我们也就为亚洲和世界和平作出了一份贡献！

（2008 年 7 月）

为金正日当年未能获诺贝尔和平奖鸣不平实在是无知可笑

6月13日凤凰卫视中文台的《时事亮亮点》节目中，主持人何先生在谈到2000年韩国总统金大中因推行对朝鲜的阳光政策并签署了《和平宣言》，使朝鲜半岛的紧张局势得到缓和而获得了诺贝尔和平奖时，对和平奖没有同时颁给金正日大为不满，认为这是不公正的、匪夷所思的。并且说，当时的国际舆论也没有人吭过声，诺贝尔奖的颁奖机关也没有承认过错误，等等。他还拿出近二十年来互为冤家的两人获和平奖，如1973年的基辛格和越南的黎德寿，1978年的萨达特和贝京，1993年的曼德拉和戴克拉克，1994年的佩雷斯、拉宾和阿拉法特等作为佐证，证明金正日拿奖是理所当然的。可能何先生以为，诺贝尔奖委员会是不公正的，世界上所有传媒都是傻瓜，不敢伸张正义吧！

令人大惑不解的是，作为一位资深的媒体人、时事评论员，怎么会说出这样可笑无知的话，作出这样没有常识的评论！

在这里，我们要指出的是：第一，当年的诺贝尔奖颁奖委员会没有把奖项颁给金正日是十分正确的，是经过深思熟虑的。他们没有错，哪来的改正错误呢？南非两位政治家——白人总统戴克拉克和人权领袖曼德拉，都为当时在南非实现民族和解作出了杰出的贡献，双双获得和平奖是理所当然的。以色列的领导人佩雷斯和拉宾以及巴勒斯坦领导人阿拉法特，都为巴以和平作出了贡献。阿拉法特的后半生主张和平建国，反对暴力，和激进的武装派分道扬镳，且在政坛上没有什么劣迹，他获奖也在情理之中。第二，金正日与和平没有关系。他之所以在《和平宣言》上签字不是真的想要和平，而是利用这个宣言麻痹韩国人，并从韩国获得更多的物质援助，以解决朝鲜的经济危机。因为他知道，金大中的阳光政策给了他极大的利益：每年大批的粮食、农药、化肥、钢材等物资源源不断往北方运送，金大中还在资金和技术方面协助朝鲜，在金刚山等地建立外贸加工区。第三，金正日公然违反联合国决议秘密发展核武器。他跟和平南辕北辙，风马牛不相及。金正日又是一个臭名远扬的独裁暴君，对内实行白色恐怖统治，把许许多多不满他的暴政的百姓和军政要员，投进监狱或加以杀害。最近，他进行货币改革失败，不仅不承担失败责任，反而以货币改革失败这个莫须有的罪名，把财政部长枪毙。真是令人发指！平心而论，以转嫁经济危机给老百姓为目的的货币改革，即使是财政部长提出来的，如此重大的改革，也是得到金正日等高层的同意和授权的。第一个要负起失败责任的是金正日自己，而不是别人。这不是暴君是什么？像这样的统治者有资格获诺贝尔和平奖吗？如果把和平奖颁给这种人，这是对诺贝尔奖的极大侮辱和亵渎。由此看来，为金正日鸣不平实在是无知可笑！

（2011 年 3 月）

也谈奥巴马增兵阿富汗

12 月 1 日，美国总统奥巴马在美国西点军校，发表了一个关于增兵阿富汗的讲话。

这个讲话一出，国际舆论一片哗然。在中国，大多数人对奥巴马的增兵决定的评论都是负面的，评论都盯在增兵 3 万这一点上，而没有看到奥巴马讲话的全文，没有看到讲话是一个解决阿富汗问题的战略决策。在奥巴马讲话的第二天，凤凰卫视中文台在《时事开讲》节目中，评论员何先生更加直截了当地说奥巴马增兵阿富汗是继承小布什的错误路线，犯了一个大错误。他十分肯定地预言结果将跟苏联攻打阿富汗一样，阿富汗或成为第二个越南，等等。

这是一种很片面、很肤浅的评论。

其一，评论者没有从美国总统和美国国家最高利益出发去看问题。美国为什么要攻打阿富汗？因为控制南亚是美国全球战略的一部分，美国在阿富汗打了 8 年，花了上千亿美元，能马上仓皇撤军吗？当然不能。这不是奥巴马个人能够说了算的问题。谁当美国总统都会想，要体面地从阿富汗撤军，就得按驻阿联军最高指挥官的意见增兵，这是毫无疑义的。评论者从个人的角度出发，认为增兵就是错误的，马上撤军才是正确的，这是一种想当然的浅见。

其二，没有真正领会奥巴马讲话的基本精神。奥巴马讲话有这样几个要点：以进为退，增兵是为了最终抽身（撤军）；在阿富汗的主要任务是重创塔利班的同时，帮助训练阿富汗国家安全部队，并在发展经济和改善人民生活的基础上，动员阿富汗民众投入到打击塔利班的斗争中，割断塔利班和民众的联系；外求盟国增兵援助；阿战的胜利与巴基斯坦的反恐斗争密不可分，美国要与巴基斯坦政府密切合作，打击以至铲除巴基斯坦境内的基地组织和塔利班势力；美国政府责成和帮助阿富汗总统，认真进行政治改革，彻底进行反腐败斗争，从根本上取得人民的信任，使得政府、军队、人民拧成一股绳共同对付塔利班。以上五个方面是奥巴马讲话的基本要点，也是奥巴马对阿富汗战略的基本精神。

不少评论只拿增兵 3 万来说事是非常错误的，也是十分片面的。这是一种只见树木不见森林，只看见表象而抓不住问题的本质的形而上学的观点。当然，如果徒有增兵，没有其他措施的配合是解决不了问题的。在我看来，奥巴马的讲话已经提出了一个解决阿富汗问题的思考，是一个综合解决阿富汗问题的战略决策。我相信在今后的一两年内，只要奥巴马能认真贯彻，综合治理，阿富汗问题的解决是有希望的。到那时，美国就可以体面地撤退了。当然，即使到了开始撤兵的时候，美国还是会有一部分军队长期留在阿富汗的，因为阿富汗是美国在南亚以至整个亚洲战略中非常重要的一环。刚建立起来的阿富汗政府，至少在短期内也还需要美国帮助它稳住政权。这是毫无疑义的。

（2011 年 1 月）

也谈美国对台售武这件事

2010年1月15日晚凤凰卫视中文台《震海听风录》节目中主持人邱震海先生邀请到北京的罗援少将、香港的刘梦熊政协委员和清华大学的孙哲教授，共同探讨美国政府对台军售这件事。

作为军人的罗援认为，对美国奥巴马政府冒犯中国核心利益，干涉中国内政不能太软弱。现在我们强大了，应当针锋相对予以还击，就是要以牙还牙，对它们的核心利益反击一下。如在反恐，还有朝核问题、伊朗核问题、阿富汗问题等方面给予不合作的态度。至于台湾当局花那么多钱购买美国的先进武器，也应当还以颜色。你买了多少枚爱国者防空导弹对付我们，我们就在东南沿海再增加多少枚导弹瞄准他们。前者是要同世界上最强大的美国硬碰硬，后者是要以武促统。这是非常不明智的说法。香港的刘梦熊委员所持的观点就更加强硬，他说美国要卖导弹、潜艇给台湾，我们也可以把导弹甚至核武器卖给美国所认为的流氓国家，如朝鲜、伊朗、叙利亚等国，我们也来冒犯一下美国的核心利益。我们不是几年前甚至十几年前的中国了，现在我们已经是世界第三大经济体了，可以与美国平起平坐了。

以上两人的观点都是非常有害的极“左”观点。同意这种观点就是一种夜郎自大的表现，是错误判断形势的结果。所谓的G2，是美国人捧杀中国的一条毒计，我们不能飘飘然！现实是我们离与美国平起平坐还有一段较大的距离！讲实力不能只讲经济，只看到GDP，更要看到其他的实力。说句老实话，再用20年甚至30年的时间能与美国匹敌和抗衡就很不错了。这不是妄自菲薄，而是实事求是。

在还没有足够力量同美国抗衡甚至震慑对方的时候，要与美国硬拼是非常不明智的。那样做，只会使我们国家的和平崛起和现代化进程大大减缓甚至逆转。当然，对于美国政府公然违背中美签署的文件，特别是“8·17公报”关于逐步减少对台军售的承诺和冒犯我国核心利益、干涉中国内政的行径，当然不能装聋作哑、听之任之，我们要表达、要抗议，但要有礼有节，前提是不要伤害中美关系发展的大局。至于说到我们卖武器甚至核武器给美国认为的流氓国家这件事，如果真的这样做，一定会遭到许多国家包括我们的友好国家的反对和责难。我国是核不扩散条约的签署国，输出核武器是违反国际法的！我们万万不可意气用事。

那种认为台湾地区买多少枚导弹，我们就在沿海增加多少枚导弹对准台湾地区的观点，还有那种以武促统的思维，均无助于台湾问题的解决。几十年的时间证明，武力不是解决台湾问题，实现国家完全统一的上策；赢得台湾两千三百万人民的心才是实现祖国统一大业的上策。笔者认为，为了表达大陆人民的善意，为缔结和平协议创造一种良好的氛围，我们应当把所有针对台湾的沿海导弹撤离。武力威吓是没有用的，只会适得其反，同时也为台湾当局不断购买美国武器提供了口实和理由。

在美售台武器的问题上，清华教授孙哲的观点是比较客观和具有建设性的，值得肯定和赞扬。不过像这样的学者恐怕不太多，特别是能影响中国决策的学者。希望中国有更多这样的有良知、有远见、有时代责任感的学者。

（2010年3月）

“主义”标签论可以休矣

中国从改革开放以后，特别是加入世界贸易组织（WTO）以后，在我们的报纸杂志和电子媒体上，就很少再提及社会主义和资本主义这样一些概念。原因很简单，就是过去的社会主义国家和资本主义国家的界限已经变得比较模糊了，在经济、金融等领域，按照世界贸易组织的原则，所有的交易和交往都按照市场规律和法则办事，只是在意识形态、国家政治体制方面还有着较大的差别。

按照传统的马列主义理论，公有制是社会主义的根本特征，各尽所能、按劳分配是社会主义的分配原则，实现共同富裕是社会主义的最终目标。在我国，除了金融业，其他如通信、电力、石油、交通等行业，虽然还是以国有为主，但随着经济的不断发展，正在形成一种垄断行业和特殊利益集团，这些企业滋生了腐败，扩大了贫富差距，不断显现出它的缺陷，受到社会和舆论的批判和诟病。

但是最近一段时间，有的专家学者还津津乐道于什么社会主义、资本主义。凤凰卫视中文台的《石评大财经》节目，主持人石先生一改过去的姿态，好像一夜之间变成了一个社会主义者。他在最近的几期节目中，除了大力鼓吹 G2 论（即中美共同管治世界）外，同时把中国在后金融危机时代的一系列政治、经济措施都说成是社会主义的举措。说建设保障性住房是社会主义的，说建立社会保障体系和构建全民医保也是社会主义的，说加速城镇化是社会主义的，治理环境污染、倡导低碳生活也是社会主义的，等等。其实，这些举措不过是政府为落实“以人为本，构建和谐社会”，在吸收了国际上一些成功经验之后提出来的措施。“不管白猫黑猫，抓到老鼠就是好猫。”能解决中国经济发展问题的，管他是什么主义的，都是好办法。世界上不少国家所实行的政策、措施都是资本主义和社会主义杂交的产物。为了提高人民的生活水平，为了社会的稳定和谐，许多发达国家，如美国、加拿大、英国、法国、德国以及北欧一些国家，早就建起了社会保障体系，让失业的人员也能过上体面的生活；许多国家还建立了全民医保，实行完全免费的中小学义务教育。至于城镇化，这是任何一个国家在现代化进程中的必然结果，发达国家早就走在我们的前头了。至于建公屋、保障性住房，我们还刚刚开始，新加坡、香港地区早就如此了。主持人把一些有利于弱势群体的措施硬套上社会主义的标签是很牵强的，不恰当的。公平、正义、民主、自由，这些东西是当今人类社会的普世价值，不是社会主义的专利品。

至于G2论，最早是美国人提出来的，我们一些人如获至宝，自我膨胀，沾沾自喜，大谈GDP快要超过日本啦，我们是美国最大的债权国啦，是全世界外币储备最多的国家啦，我们对美国再也不是仰视了，可以同美国平起平坐了——好像中国已经富甲一方，可以同美国扳手腕了，这是十分错误的，也正中了美国人的阴谋。中美共治世界是不现实的。人家不想跟你共治，中国现在也还没有这个能力。我们千万不要被一些表面现象所迷惑。中国正在崛起是事实，但正在崛起中的还有印度、巴西等国，日本、俄国、欧盟等也是世界主要力量。将来的世界肯定是一个多极的世界。

在全球化的今天，有多少政治家还在津津乐道谈论什么资本主义、社会主义的？我们今天应当少谈些主义，多干些实事——一些有利于国家民族经济发展、政治稳定、社会和谐的实事，共同把我们的国家治理好、建设好、维护好。谈什么主义是毫无意义的。事实上，我们已经很难区分清楚哪些东西是资本主义的，哪些东西是社会主义的，好些东西已经是两者杂交的产物了。二者我中有你，你中有我，分不清了。当然，政治体制除外。

（2010 年 1 月）

新加坡选举给我们的启示

最近，新加坡的国会选举已经落下帷幕。选举的结果与人们的普遍预测基本一样，总理李显龙领导的执政党——人民行动党赢得了86个议席中的80席。反对党——工人党赢得了6席，比上一届多了一席。执政党保住了执政地位。但是，从执政党和反对党各自赢得的选票来看，执政党大幅减少而反对党则大幅增加。可以认为，以李显龙为领导的执政党的执政地位受到了一次挑战。毫无疑问，李光耀、吴作栋、李显龙等新老领导者的地位受到了一次空前震动，使人深深地意识到新加坡的广大选民对政府的某种不满。

新加坡这次选举给世人什么启示呢？

众所周知，新加坡是20世纪八九十年代的“亚洲四小龙”之一。它的崛起、腾飞，是新加坡的精英们，特别是李光耀先生博采东西方治国之众长，融通发达国家发展经济之经验，在短短几十年时间里，迅速发展经济，解决了人民群众的衣食住行问题，使人民过上高质量的生活，人均GDP也赶上了美国，让世人羡慕、政治家们侧目。正因为如此，一个小小的新加坡，在世界各国中享有美誉，李光耀、吴作栋这两位政治家被罩上了不少光环，受到了广泛的尊重。凤凰卫视一位评论员在《石评大财经》中甚至用“近乎完美”来形容。这是一种言过其实的评论，是一种以偏概全、以瑜掩瑕的评论。任何事物都不可能尽善尽美，新加坡的发展也不例外。公正地讲，新加坡的发展和成长是成功的，但也有不足和缺点。这次大选正暴露了它的不足和缺点，表达了一部分选民对新加坡当今社会的某种不满和要求。

新加坡社会管理最大的缺点是什么？是它在国家的管理中实行

一种家长式的管理体制，对不同政见者没有采取一种开放和宽容的态度。我们知道，生存权是人权最基本的内容。每个人当衣食住行这些基本的物质生活得到满足以后，就很自然地提出更高层次的要求——精神生活。民主和自由是精神生活的基本内容。受过良好教育的中产阶级是新加坡社会中要求得到更多民主自由的先进分子。新加坡的反对党就是这样应运而生，并且获得了越来越多选民的支持。新加坡的当权者们已经深深地受到触动，很快采取了一系列措施改善自己的施政，李、吴两位开国元老宣布完全退出政坛，李显龙也大刀阔斧改组内阁，精兵简政，让更多年轻人进入内阁。当然，这还不够，执政者还应该从善如流，虚心听取广大群众的呼声和意见，不断修正不符合大众意愿的政策，改善施政。就选举办法而言，要有一个公平公正的原则。选举办法不应由“家长们”去定，搞出一套有利于自己而不利于在野党的选举办法。是不是公平公正，要交给全体公民去讨论，不搞一言堂，要百家争鸣。如果这样做了，人民行动党的执政地位还会继续保住，否则不需太长时间，新加坡就会出现政党轮替了。

这次新加坡的选举给了我们什么启示呢？

第一，在一个国家发展的初级阶段，实行家长式的管理是可以的，但这绝不是一个好办法。

第二，人民不仅需要衣食住行这样一些物质的东西，还需要更高层次的东西——精神需求。民主和自由，这是当今世界的普世价值。精神和物质二者不可或缺。

第三，一个政党要得到人民的长期拥护，就必须高举不断改革、不断创新的大旗，顺从人民的要求，跟着社会不断前进。停顿是没有出路的，是要被人民淘汰的。这是一个无情的社会法则。

（2011 年 6 月）

一位大国总统的“高论”令世人震惊

根据CCTV4最近一期《今日关注》节目的报道，俄罗斯总统最近在不同的场合说，俄罗斯“决不允许任何国家谋求对俄的军事优势”。为此，他提出：“我们再穷不能穷军事，再穷也不能穷核武库。”他郑重地警告说：“俄罗斯一旦遭到攻击，将毫不手软地对其实施核打击。”为了落实他的誓言，他已经下令，俄要花23万亿卢布加强核武器建设。

他的言论，我们听了真是感到既毛骨悚然，又哭笑不得！

首先，所谓“决不允许任何国家谋求对俄的军事优势”，言下之意是说，如果某一个国家，有了对俄的军事优势，俄国就要压制他，甚至对其动武。谁都知道，目前美国的军事优势比俄国要高出一筹，无论是常规的导弹，还是核弹、无人机、航母等都要比俄国强。俄国有十多艘航母吗？俄国有一小时打遍全球的能力吗？俄国又能怎么样？优势是客观存在的，人家比你强，你只能认可，不能叫嚣，什么“决不允许”，这不是不自量力，就是痴人说梦。

其次，说“再穷不能穷军事，再穷也不能穷核武库”，这不是赤裸裸的穷兵黩武吗？这不是要实行核讹诈吗？现在是什么年代了？还搞冷战那一套！一个好的国家领导人，不但要把改善和提高自己国民的生活水平和生活质量作为自己的头等任务，而且还应当有国际视野，有一种国际主义的精神和情怀。不顾百姓死活，不顾百姓安居乐业，只想到自己的个人统治，只想出风头，穷兵黩武，甚至扬言要动用手中的核武器，是非常不明智的，也是非常愚蠢的。

现在不是有一个世界流行词叫作“地球村”嘛！由于时代的发展、科技的进步、资讯的发达、互联网的蓬勃发展和普及，偌大的地球就变成了一个大村落，各个国家就成了一个个小小的村子。各国人民同住在一个地球村，为什么还要剑拔弩张，甚至刀光剑影呢？作为一国之领袖，除了心中有人民，还应当考虑如何维护世界和平，消除军事冲突，寻求共同发展，让自己的人民在和平、和谐的环境中幸福地生活。当然，在世界还不是那样和平的阶段，世界大国适度发展一下自己的军事能力是无可厚非的，也是必要的。事实上，要维护世界和平，就必须要有强大的军事能力；发展核武器是为了最后销毁核武器，不是用核武器杀害无数的人。而且这种军事能力的发展和提高是适度的，目的应当着眼于寻求大国间的军事平衡，保卫和平！喊出首先要对别的国家实施核打击，是好战的表现！

要知道，现在存放在一些国家的核武器已经够多的了，足以摧毁整个地球！太可怕了！谁要是这样做了，我相信世界人民绝不会饶恕他，他就一定会落得像希特勒、墨索里尼、东条英机那样的下场！

这位总统前些时候在另一个场合还说过：不要说我们国家的疆土那样辽阔，对于领土我们是寸土不让的。这话好像很强硬，也很爱国，其实他应当感到脸红、感到羞耻。谁都知道，他们国家辽阔的国土里，在远东有好大一片疆土，是从我们老祖宗手里掠夺去的。占了人家的土地，还说要誓死保卫，这是什么话？什么逻辑？真叫人气绝！

其实，解决有争议的土地或海岛，最高的原则是各让一步，“搁置争议，共同开发”，彼此获利。只要按照邓小平提出的这个原则处理，彼此都是赢家，何乐而不为呢？奉劝那些极力煽动民族主义情绪和使用军力争夺土地或海岛的国家，不要做那样的蠢事了！

还是把自己国家经济搞好，为自己子民的福祉，为世界和平而奋斗，这样，也只有这样，才能获得本国人民的拥护，获得国际大家庭的认可和赞许。

（2013 年 10 月）

读十八届三中全会公报有感

世人翘首以盼的中国共产党第十八届三中全会，终于在12月12日胜利闭幕了！

我怀着好奇和激动的心情，一口气读完了公报全文。我兴奋不已，又浮想联翩。经过一天的酝酿，写下了这首词《水调歌头 · 十八届三中全会》，表达了我的学习体会、感受和赞美，也表达了我对习、李新体制的期盼，对启动全面改革的肯定和厚望。

水调歌头 · 十八届三中全会

十八三中会，再描改革图。若干重大决定，令世人瞩目。继续韬光养晦，也要有所作为，锋芒毋毕露。民族大复兴，中国梦尽浮。　　习近平，李克强，新体度。启动多项改革，建廉洁政府。庶民富国强兵，创立和谐社会，全民皆拥护。带领新长征，前进不停步。

（2013 年岁末）

说说中美两国的客观情势和我们的狂躁症

近几年，在军界、政界、学界以及舆论界，有一部分专家学者和社会精英，对我国近三十几年来的飞跃进步，特别是我国的工农业生产总值，即GDP超过了日本，成为世界第二大经济体，军事和航天技术也有了突飞猛进的进步的时候，出现了一种迷思，产生了一种狂躁情绪，说我们现在已经是“老二”了，我们对美国不再是仰视，而是平视，甚至是俯视了，我们可以对美国人说“不”了。有的人如获至宝，接过一个美国人提出的G2论，鼓吹从此要同美国人共管世界了。更有位军人在他的书中狂妄地说，和平崛起就是军事崛起，我们不能把世界交给美国，我们应当用军事手段，从美国人手中夺过世界的领导权，等等。还有的人认为，中国在迅速崛起，过去30年中国一直以10%左右的速度发展经济，国力在不断上升，而美国自发动了伊拉克和阿富汗两场战争之后，加上金融风暴的重创，国力在不断下降，甚至断言不出几年我国的GDP将超过美国而成为“一哥”。

对于上面的这些言论和观点，有好些持比较冷静和客观态度的学者认为，这是一个国家或民族，在崛起的过程中难免出现的迷茫和迷思。笔者则认为这是在崛起的过程中出现的一种狂躁症。

何为狂躁症？狂者，骄傲自大，目空一切也；躁就是冲动，不冷静之意，也就是一种病态。就是说，有些人犯了一种冲动、不冷静、骄傲自大的病。这种病的根源，就在于没有正确、客观地看待和分析中美两国的客观情势，把自己估计得太高，骄傲自大，而太过小看美国，出现了偏颇。

中美两个国家的国运和客观情势究竟如何？

首先，中国自改革开放以来，由于我党坚持正确的路线和政策，使我国的经济以一种前所未有的惊人速度发展，三十年间，GDP 的排名从世界几十名跳跃式地提升到了第三名。随着经济的蓬勃发展，人民的生活水平得到了极大的提高。军事实力不断增强，不但有了核武器，加入了航天俱乐部，“玉兔”登上了月球，还有了“辽宁”号航母，有了航母的克星东风－41 核弹，有了比美国的 F16 更先进的歼 20 战机等尖端武器。所有这些成就，都是可喜可贺的。但我们应当清醒地看到，我们还没有 12 个航母战斗群，没有像人家 F35 那样先进的战机，没有一小时打遍全球的能力。就航天技术而言，我们同人家也还有一段距离。这些都是不争的事实。如果我们在技不如人的时候，就要争做“老大”，就要去跟人家争夺世界领导权，声言几年之后就要取而代之，这不是狂妄自大又是什么？我们有些同志太不冷静了，太头脑发热了！

其次，对中美两国情势的分析，我们不能静态去看而应当动态地研究。

过去的三十几年，我国的经济高速发展是事实，但世界的经验告诉我们：我国今后的几十年，不可能都会以 10% 左右的速度发展。一个国家的经济发展是有周期性的。中国经济发展有高速期，也会有低速期。过去三十几年，我国正处于高速发展期，今后的若干年就可能转入一个低速发展期。不少学者认为，我们国家现在正处在一个从高速到低速的调整期之中。同样，美国经过一段时期高速发展之后，也出现了一个低速发展阶段。美国过去的十几、二十年，正是这样的一个低速发展阶段。经过若干年的调整之后，又有可能出现一个较为高速发展的阶段。近年来美国出现的页岩油革命、制造业革命，预示着美国将要摆脱低速发展而重新进入较为高速发展的阶段。有的人用我国现在的经济高速发展、美国经济的低速发展甚至停滞去估测，不出十年，中国的 GDP 将超过美国。这种思维和计算方法是完全错误的。要知道，中美两国的经济发展是两个变量。你发展，人家也在发展；你从高速转低速，人家则可能从低速转为较高的速度。这种趋势正在出现。

再次，我们再来看看美国。中国经历了三十几年的高速发展，正在崛起，从过去在舞台的边缘，走到舞台的中心，这是千真万确的事实。不过，人家美国近二十年来，虽然发展缓慢，但并没有像有的人说的那样走下坡路，而只是从一种巅峰状态过渡到平稳地运行。那种认为中国在直线上升，而美国在直线下降的想法，是站不住脚的，也是很不客观的。一些专家预测，美国今后相当长的一段时间，不但不会走下坡路，也不太可能在一个平行线上平稳发展。很有可能又会重新启动它那强大的发动机，再一次在一个较为高速的状态下前进，继续引领世界经济，继续当“老大”，继续成为世界经济发展的火车头。其理由有二：美国除了拥有普世价值的自由、民主、法制这些软实力之外，自建国后慢慢形成的、以培养学生个性和创造精神为核心、以素质教育为载体的教育体制和教育理念，造就了一代又一代有独立个性、有创造精神的人才。美国人的创造精神很强。在其历史上，美国人无论遇到什么样的困难和挫折，都能用强大的创造力克服它，跨过一道道坎，持续前进。2008 年面对严重的金融风暴是如此，最近，面对经济不景气、石油危机和高失业率等，美国凭着强大无比的科技力量和创造精神，进行页岩油革命，走出了一条油气革命的新路；美国又重启了制造业革命，不仅解决了高失业率问题，也带动美国经济走出了徘徊不前的困局。百年来，每年诺贝尔奖得主，美国人占大多数，也是他们具有创造精神的又一个证明。其次，美国强大的吸引力吸引了世界各国，也包括欧、日、澳等发达国家和地区的许许多多的优秀学子到美国留学深造，使美国轻而易举地得到大批的最优秀的人才，美国成为世界最大的人才硅谷。换一句话说，全世界最杰出的人才中的绝大多数都集中在美国。这是美国能够获得无限生机的源泉和创造奇迹的动力，是世界上任何一个国家都无法匹敌的。这种优势是很多人看不见、摸不着的，也是许多人分析美国之优势时所忽视的。对美国而言，这是一个强大无比的因素，也是美国得天独厚的优势。世界发展史告诉我们：一个国家或地区的发展，归根结底是靠人才。这就是为什么新加坡、中国香港、中国台湾和韩国这些资源奇缺的岛国（地区），在20世纪80年代，能成为“亚洲四小龙”的根本原因。一些学者认为，美国凭借着上述两个重要因素和条件（创造精神和人才硅谷），可以在一百年内继续保持龙头大哥的地位，继续成为引领世界经济前进的火车头。那种不出十年中国就可以取代美国，成为世界的领导者的说法只是胡思乱想！只是一厢情愿的天真梦想！

我们几代领导人，对中美情势的看法都是比较冷静和客观的：我们虽然有了很大的进步，但还是个发展中国家，我们同美国还有比较大的差距。

客观地说，即使我国的GDP在十年以后，超过了美国，也不值得太过骄傲，也还不是真正意义上的老大哥。因为我们千万不要忘记，中国是一个有13亿多人口的大国，按人均GDP计算，到那时，我们也还是一个中等发达的国家。讲老大老二，不是按GDP总量计算的。看是否老大老二，主要看综合国力，包括经济、军事、科技、文教和法制等方面的指标，人均GDP只不过是其中的一个重要指标而已。按综合国力的排名，我们现在还是处在中等水平。那种把GDP第二就说成是“老二”的说法，是十分片面和幼稚可笑的，是一种只看现象、不看本质，只强调一点、不提其余，只见树木、不见森林的形而上学的方法。我们千万不要被那种花言巧语所迷惑，所愚弄，所误导！我们要做一个头脑清醒、有自知之明的人。

在中国崛起的过程中，那些有狂躁症的人，现在是该降降温、清醒一下了！自信是应该有的，但自信过了头就变成狂妄了！

我们每一个中国人，还是踏踏实实去落实党的十八大确定的方针政策，韬光养晦，反腐倡廉，积极稳妥地推进各项改革，一步步去实现富民强国的中国梦。不要再去老想着当什么“老大”、“老二”了！我们也不要用一些过激的语言去刺激美国，那样做是很不明智的。我们不要给中央的决策添乱、添麻烦，帮倒忙。“不战而屈人之兵”才是我们的上策，是老祖宗留给我们的一条国训。有实力了，人家就服你，就得乖乖就范，就会退而让之。整天喊打喊杀有用吗？

（2013 年岁末）

素质教育浅谈

从中美教育的比较看我国素质教育的实施

素质教育是一项伟大的社会工程。中小学的素质教育怎么搞？这些年来很多人都摸着石头过河，谁也没有一套现成的经验。不断研究、不断探索、不断试验就是我们许多教师和干部正在做的一项工作，是我们今天面对的一个重大的新课题。

2000 年 3 月，中共中央、国务院颁布了《深化教育改革，全面推进素质教育的决定》的重要文件。这是一件大喜事。它说明素质教育已经提到中央领导的议事日程上来了，是值得庆贺的。但是，如何实施素质教育，如何进行这项伟大工程，大家都还是心中没数。今天我想就这个问题提一点个人的意见和看法。

一、提几个发人深省的问题

我们知道，一个国家的经济、军事、科技的发展同教育的发展是息息相关的，是成正比的。没有一个国家教育很落后但其经济很发达、军事很强大、科技很先进的。

中美两国政治制度不同，教育、经济、军事、科技发展也不同。有些问题是很令人费解的：

（1）为什么百年来没有一位大陆学者拿过一项诺贝尔奖？

（2）为什么 2000 年我国的学生参加最能检验学生创造能力的英特尔国际大赛，90 多项奖项中我国的青年学生只拿到其中的 6 项，同一个 12 亿人口的大国很不相称？

（3）为什么我们的学生到了美国，大多数人都能出人头地，大有作为?

(4)为什么只有200多年历史的美国，却是一个公认的经济、军事、科技超级强国?

(5)为什么每年最能检验创造能力的诺贝尔奖，美国人得奖最多?

这些是很令人困惑的问题，是一串难解的谜团。要解开它，我想应从中美两国的教育思想、教学方法上入手作一番比较分析，或许从中可以找到答案，拨开迷雾。

二、中美两国教育的比较

中美两国的政治制度不同、历史背景不同、经济发展状况不同，自然教育状况也会有较大的差异。中美两国的教育有什么不同呢?概括起来，主要有:

第一，从教育内容看，美国实施的是素质教育，而中国实施的是智力教育、应试教育。美国教育主张人人享有受教育的权利，主张道德、智力、身体、艺术、劳动、个性、心理、社交、生活、宗教等全面发展，强调道德、社交在于善，学问（智力）在于真，艺术在于美，身体、心理在于健，生活在于富，宗教在于圣。美国的教育重视每个学生的个性发展，重视培养学生的创造力和实践能力。我国的教育自古以来都是重智育，强调反复训练和题海战术，强调统一，束缚个性发展，主张关门读书。

第二，从教学方法看，我国的教育是一种求同教学，而美国的教育是一种求异教学。在我国，对于数理科，教师总是要求学生反复练习，以掌握前人的技巧；对于文科，教师的主要任务是带领学生寻找标准答案。举个例子：请从黑猫、花狗、绿鸟、红狮中选出不同于其他三个的那一个。我们中国的教师总是这样引导学生：猫是禽还是兽？花狗呢？绿鸟呢？红狮呢？这样一，学生很自然就得出一个答案：绿鸟。因为它是禽，其他三种都是兽类。而美国教师则不会这样启发、引导学生，而是让学生好好想想，哪一种动物与其他三种是不同的？学生就会凭借自己的知识和直觉得出几种不同的答案来：一是红狮，二是花狗，三是绿鸟，甚至还有第四、第五个答案。只要你能说出道理来就行。

第三，从教育目标看，我国的教育是以传授知识和技能为目的的，而美国的教育目标和着眼点则提倡培养学生的创造力。用一句中国的古谚来说，前者叫作“授人以鱼”，后者叫作“授人以渔”，即给鱼和教授捕鱼的方法。

我国历来的语文、数学教学大纲都申明：教学的目的是要让学生掌握基础知识和基本技能，即掌握前人的东西。而美国的布鲁斯说：“学会如何学习要比学会什么更重要。”另一位教育家也认为，从科技和人的潜能发展需要出发，应把发展人的创造力作为教学的核心。他说：“教学的价值不仅是为学生装备知识，更主要是发展学生的创造力，形成独立自主的个性。”可以这样说，我国的教育，学生记的多而悟的少；美国的教育，学生记的少而悟的多。

第四，从教育的途径、形式看，我们实行的是关门教学，强调课堂教学是教学的主要形式，学生两耳不闻窗外事，一心只读教科书。而美国的教育是要让学生走出课堂，走向社会，开阔视野，尽早实现同社会接轨。美国从小学开始就开展职业日，开公司，做研究，搞调查。每学期都开展一两次职业日活动，请各行业甚至“九流三教”的人到学校给学生介绍各自的工作特点。通过职业日活动，学生看到的不仅仅是书本上写的文、理两个世界，而且是五彩缤纷、多姿多彩的世界。到了初中就搞职业兴趣分析，还有什么“职业影子日”，就是利用节假日到社会上当义工，实践、体验自己将来可能从事的职业，尝尝其中酸甜苦辣。

我们的学校就是要学生好好读书，为将来走进社会做准备。学生对社会上的真实情况不甚了解，学校同实际脱节、同社会脱节。

第五，从教学过程看，我国的教育是一种窒息创造的“传道、授业、解惑”式的教育，而美国则提倡鼓励学生打破常规思维的启疑教育。或者说我国的教学是一种教师带领学生找答案、求结果的教育，而美国的教学是一种重过程、不重结果的教育。

以前我们的教师上课，就是如何把一个个现成的答案告诉学生的过程，即使到了今天提倡启发也式教学，所谓的启发还是停留在寻找标准答案的层面上，一旦答案找到了，教学目的也就达到了。

美国的教师很重视对学生的启疑，引导学生海阔天空地思考，展开讨论，答案是什么并不重要，他们重视的是过程，是学生的积极参与。如小白兔有没有左撇子，天空是否无边无际，地球以外是否有人类，太阳是否会熄灭等都会拿出来讨论。这些问题不要说学生，就是教师恐怕也得不出一个答案来，但他们认为只要每个学生都认真讨论，搜集资料，拿出一点依据来，或大胆提出假设，推出一个结论就足够了，有没有结果，能否找到答案并不重要。

第六，从教育管理看，我国实行的是行政式的学校管理，而美国实行的是内行管理、外行监控的教育体制。表面看起来，我们是内行管教育，其实是校长一个人说了算，大、中、小学都有行政级别，很多中学校长都不任课，决策往往脱离实际。美国的学校日常的教学工作由教授（教师）组成的班子负责管理，此外学校还有一个由地方企业界负责人和社会名流组成的“校董会”或“校监会”的机构监管学校。

第七，从检验学生、考核制度和就业办法看，我国的中等和高等学校是在起跑线上判定学生，而美国则是在终点线上判定学生。在我国，学生要进入高一级学校，都要经过各种严格考试，过五关斩六将，以分数来决定学生的命运。你在分数线外，哪怕只差半分也进不了大专、大学，但一旦录取了，即使懒洋洋也可以混到一张文凭。而在美国，只要学生交得起学费，经过合格测试，就可以读大学。但进了大学后就得使尽浑身解数，花九牛二虎之力，才可以拿到毕业文凭。毕业后，也得靠自己推销自己，踏遍企业、单位的门槛去找工作。一句话，我们是严入宽出；而美国则相反，宽入严出。

第八，从师生关系看，我国的教育提倡“师道尊严”，美国的学校主张师生平等，互尊互爱，鼓励学生超越老师，也可以批评老师。在中国，师道尊严的结果是，听话和服从是学生的义务、天职。这就确立了学生要永远跟着老师屁股后面走，学生的个性、尊严、独立性也就没有了。美国人认为，教师是一种社会角色，个人角色是千差万别的，哪里存在人人时时都值得尊敬的呢？学生的权利也应当受到尊重，并且用法规的形式确立下来。师生互相平等才有爱真理的勇气。在美国，中小学教师都不称为老师，年轻的、没结婚的、离婚后单身的女性教师，一般称呼为小姐；结了婚的称为太太；所有男性教师称先生，连校长、学区督导都不例外。

以上八个方面，是中美两国教育的主要不同点。

三、对我国素质教育的几点思考

在讨论这个问题之前，我们先来讨论三个问题：什么是素质教育？我们对素质教育的看法有什么误区？什么是创造力或创造性？

什么是素质教育？简单地说就是可以让全体学生以至全体公民在道德、智力、身体、艺术、劳动、个性、心理、社交（在西方还有宗教）等方面都得到全面发展的一种教育活动。就学校而论，主要包括以下内容：

一是贯彻“两全”方针，即面向全体学生，不是一部分尖子，让他们在道德、智力、身体、艺术、劳动、心理、社交等方面都得到发展。

二是在全面素质得到发展的同时，着力培养学生的创造力和实践能力，使他们具有“敢为天下先”的精神，敢于启疑，敢于超越前人和老师。相反，应试教育只会培养出老跟在别人屁股后面走，只会模仿不会创造的书呆子、小绵羊。

三是着力发展学生的个性，让学生的个性得以自由、充分地发展。个性就是一个人区别于他人的独特的性格。如追求自然、浪漫，追求真理，追求时尚，敢于诘疑问难，敢于坚持己见，标新立异，爱思考、爱幻想，异想天开，好胜好强，不言输、不言败，不到黄河心不死，敢于冒险等都是个性。现代教育理论告诉我们，一个人没有个性就没有独立性，而没有独立性哪还有什么创造性呢？我们的教育实践也证明了这一点。

下面再来看看我们对素质教育的看法存在哪些误区吧！

第一，有人认为打“双基”，发展智力就是培养创造力。

有的人振振有词地说，不发展智力哪有什么创造力呢？不错，创造力需要智力，需要知识作基础。但要知道，智力不同于创造力。创造力除了智力因素之外，还包括许多非智力因素，如个性、独立性、体质、意志、习惯、心理等。在现实生活中，常常会看到这样一种情况：一个智商很高、很聪明的人，但没有好的身体，或性情很懒惰，独立性很差，这种人连一般困难都克服不了，常规的障碍也不能逾越和摧毁，还有什么创造力可言呢！可见，创造力和智力完全是两码事。

第二，还有人认为，过去搞的那一套加压、加量的强化训练方式与学生的智力发展是成正比的。

为什么不少人主张放学后“加餐”，周末、假日补课？就是认为那种加压、加量的所谓智力开发方式能使学生的智力发展得更好，让学生更聪明。而实际情况恰恰相反。

还有的人认为，打基础、吸收知识完全等同于开发智力。要知道，知识和智力是两个完全不同的概念。智力除了知识因素之外，还包括记忆力、想象力、观察力、思考力、判断力等，而且智力发展是一个生理、心理、知识发展的过程。只讲吸收知识的智力开发，只会开发出书呆子式的书生来。

第四，还有的人认为，以打“双基”为核心的智力教育加上一些课外活动，再加上现代化的教育手段（投影、录像、多媒体、双向视频等）就是素质教育。这是目前对素质教育的主流看法，但没有把握到素质教育的核心问题。

第三个问题是，什么叫作创造力或创造精神？

《现代汉语词典》对“创造”一词是这样解释的：想出新办法，建立新理论，做出新成绩或东西。这里突出一个“新”字。笔者认为，这种解释还不够全面。按照现代专家的看法，所谓“创”就是打破常规，所谓“造”就是在打破常规的基础上产生出具有现实意义的新东西，如新理论、新方法、新产品、新事物。很明显，创造要有两个要件：打破常规和产生出具有现实意义的新东西。循常规就无所谓“创”，不造出具有现实意义的新东西就只能是天马行空、想入非非。

现在我们再回到对素质教育的思考这个问题上来。

素质教育是一项伟大的综合性的社会工程。这是因为，一方面它要使人在道德、智力、身体、艺术、心理、社交和个性等方面全面发展，另一方面素质教育需要全社会的人——工农商学兵、党政军民共同参与、共同实施。这是我们实施素质教育必须建立的一个共识。

素质教育怎么发展？虽然很难说出具体的可操作性强的方法，但我认为可从广泛的范围来讨论它。

第一，要广泛开展关于素质教育的大讨论。通过深入、持久的全民大讨论，提高广大干部特别是领导干部和群众对实施素质教育的认识，了解它的深远意义，素质教育的内涵和外延，开展素质教育的环境和条件等。这是实施素质教育的前提。如果对素质教育糊里糊涂或一知半解，素质教育的实施就是一句空话。

第二，在大讨论的同时，转变、更新我们的教育教学观念，如人才观、教学观、师生观、考试观、质量观、评价观等。素质教育同应试教育实质上是两种不同的教育教学观念的冲突。要实施素质教育就得批判、转变、更新由应试教育脱胎而来的落后的教育教学观念。比如对人才的看法，按照现代人才观，有真本事的人就是人才。许多能工巧匠和企业家，他们往往没有受过高深的教育，能说他们不是人才吗？教育教学观念不转变、不更新，素质教育能实施吗？没有新的教育理论和观念，就不可能指导我们进行素质教育。

第三，要彻底改革现行的招生、考试制度，建立一套评价学生、学校的标准和制度。如果我们还是这样以分数看人、选人，以升学率作为评价学校的主要标准，还是以死记硬背的内容进行升学考试，淘汰和选拔学生，就根本不可能实施素质教育。教师和学生只好整天为分数奋斗，估题、猜题、押题，加压、加量训练，题海战术，节假日补课等的风气就不可能停息。

评价标准和评价机制以及大学招生是一根杠杆，也是一根指挥棒。如果废除了重点制度，废除中考、会考和大学统考，加大对大学的投入，同时建立起一套以综合素质为标准的评价机制，“两全”方针才能得以实施，教师的注意力才不会只集中在知识的灌输和分数上，这样才能形成实施素质教育的条件和土壤。上述两个方面，即改革招考制度，特别是高考制度，同转变、更新教育观念之间的关系是互相制约、互相影响又互相促进的。人们，特别是各级干部，对素质教育的认识不提高，旧的教育教学观念不转变、不更新，怎么会下决心对中高考制度进行改革呢？而一旦考试制度作出了彻底改革，人们的教育教学观念才会彻底改变，因为旧考试制度是旧的教育教学制度观念赖以生存的根基和土壤。可以这样说，转变、更新观念是实施素质教育的前提条件，而高考制度的彻底改革是实施素质教育的关键。

第四，真正取消重点中、小学校。这是一个十分沉重的话题，人们对此已经麻木了。很多人会说，现在已经没有重点中、小学校了，但是事实上，重点学校名亡实存。取消的理由不必多说，人为地设置重点学校是在推行另类教育，违背自由、公平的竞争规律。

第五，要彻底改革教材、教法。关于改革教材不必多说，教材一定要很好地反映今天的形势，跟上时代的步伐。关于教法改革，我想强调下面几点：

一是倡导培养学生的创造精神和实践能力，弱化知识传授。这是素质的重要核心。弱化知识传授不是不要智育、取消智育。弱化是针对过去那种加压、加量和“智育第一”而提出来的。过去我们把绝大部分时间用在知识传授上，削弱了其他方面素质的培养。

二是提倡启发，式教学，放手让学生在整个教学活动中启疑和释疑。过去我们对启发式教学的认识是很表面、很肤浅的，以为发问就是启发，或为找到老师心中的既定答案而提问。要知道，启发不是目的而是途径，是钥匙，是发展智力、培养创造力的途径和钥匙。

三是要大力提倡和鼓励求异思维。创造就要打破常规，创造是一种求异活动。我们传统的教育方法，总括起来叫作求同教育，就是寻找前人找出过的某种答案或知识。求异教育则相反，不是寻找前人的答案，不是跟在别人的屁股后面走，而是另辟蹊径，找出一个与别人不同的东西或办法来。

四是实行开门办学，不要闭门造车。过去我们搞应试教育总是强调“三中心”，即教师中心、教材中心、课堂中心，主张校园书声琅琅，两耳不闻窗外事。学生成了书呆子，毕业以后同社会脱节，不了解社会的行行业业，不了解国内外的经济活动和社会上的复杂人际关系。如果把校门打开，学生在校期间就到社会见习，同时又把各行各业的人请进来，让学生了解社会，社会关心教育，形成一个人人参与教育的局面，实现教育家杜威所说的“教育即生活，教育即生长，教育即经验改造”的真谛。这对于学生毕业后能立即融入社会大有好处，对于他们了解各行各业的酸甜苦辣，确立人生理想大有好处，对于学生全面素质的发展亦大有好处。

五是要在帮助学生打“双基”的同时，认真贯彻“两全”方针。关于打“双基”不必多说，这是我们的强项，积累了丰富的经验。落实“两全”方针就不是那么容易了。“两全”，即面向每一个学生，使他们在道德、智力、身体、艺术、劳动、心理、社交等方面全面发展。这是一个思想认识问题，在很大程度上又受到教育、教学观念和中考、高考制度的制约。如前所说，改革考试制度，改革评价制度和转变、更新教育观念是至关重要的。不改革招生制度，不转变旧教育观念，全面贯彻“两全”方针就是一句空话。这也证明了“素质教育是一项综合性的社会工程”这句话。

六是要努力创设培养学生创造力和实践能力的氛围，发展学生的个性。

学生的创造精神不能教，也不会自发产生，要靠我们去培养。这个培养自然需要一个好的环境和土壤。什么是培养学生创造力的环境和土壤呢？我以为，主要包括下面几个方面：

（1）整个社会，特别是教师，要尊重学生的基本权利，特别是学生有说“不”的权利和有发展自己个性、兴趣的权利。这就意味着学校要解除对学生过多的限制，铲除那些有损于学生身心健康和人格尊严的体罚或变相体罚的教学行为。

（2）教师和家长要平等对待学生，尊重他们的人格。这就要求我们彻底抛弃“师道尊严”的旧观念，确立互尊互助、平等的师生关系。以上两点非常重要，但又十分难以做到。

（3）要让教师和学生明白，师生只有长幼的差别而没有地位高低、尊卑的关系，彼此是平等的，从而消除学生的自卑感，鼓励学生质疑问难，大胆思考，异想天开，不落俗套。学生不但可以超越别人，而且可以超越自己的老师和前人，不唯上，不唯书，做“敢为天下先”的人。对学生提出的问题，哪怕是十分可笑的，教师也不要简单地加以否定和讽刺，要像保护自己的眼睛那样保护学生的积极性和求知欲。对学生的回答，只要不是错误的，都应该加以肯定和鼓励，不要轻易给学生泼下“无知”、“大错”一类的冷水，以至挫伤、窒息学生的求知欲。这是培养学生创造力的重要条件。

最后，说一说全社会都很关心而同素质教育关系十分密切的减负问题。减负的口号是中央提出来的，并且明确指示要把它作为全面推进素质教育的一个突破口来抓。

过重的课业负担，像一堵厚厚的高墙、一把重重的镣铐禁锢着学生，使他们终日在繁重的作业和补课中，为了分数和升学拼命挣扎，苦苦应付。减负就是针对这几年中小学课外作业繁多、课后加班加点、节假日补课的情况提出来的。所谓减负，就是要减轻加在学生身上的过重的课业负担，让学生从繁重的负担中解脱出来，给他们开辟出一片海阔天空的思维空间，换来接触生活的时间，接触大自然的时间，最终实现道德、智力、身体、艺术、个性、心理、社交等全面发展，成为适应时代和经济建设需要的有创新精神的新人。

对减负还有一种看法，就是减少了课外作业，停止了一切形式的补课，就万事大吉，一了百了，教师、学生也就轻松了，这是一种误解。过重的课业负担，不利于学生素质的全面发展，不利于学生创造力的培养，所以减轻课业负担就要把减下来的时间，组织他们参加各种课外活动，参加社会实践活动，接触社会，了解社会，实现素质的全面发展和实践能力的提高。我们须知：减负不是目的，而是一项使学生素质提高的措施，是推进素质教育的一个突破口。减负后，教师不是轻松了，而是工作任务更重了，更辛苦了。可见，减负就学生而言，它不是一道减法式子，而是一道有减有加的综合算式。学生们减去了过重的课业负担，却增加了到社会大课堂学工、学农、学商、学兵、学生活、学做人的时间和机会，最后的结果比原来的得数增加了很多很多。

（2008 年 10 月）

为何中国大陆的学者至今与诺贝尔奖无缘?

今年的诺贝尔奖各专业奖项正在逐步公布，每年这个时候我们的媒体和网络上都会有大量评论，今年也不例外。

从 1901 年诺贝尔奖第一次颁奖开始到今天，已经颁发过 106 次奖。作为一个占世界人口四分之一的国家，我们大陆的学者却百年与诺贝尔奖无缘。这是为什么？这是一个很值得我们深思和探讨的问题。

最近几年，在一些平面媒体和网络上都曾讨论过这个问题。但许多人的观点都缺乏客观性，而且往往带有某种民族情绪。在谈到我们从来没有得过诺贝尔奖时，就说我们不是不聪明，是那些大国把持着诺贝尔奖的评奖大权，对我们中国有偏见，甚至说是西方国家敌视我们，等等。我认为，这样一些观点是不够客观的。如果说改革开放前后，西方有些政客对中国有一种敌视情绪和偏见的话，应该说今天西方的学者已经较少有这种情绪和偏见了。特别是近十年来，随着我国经济的高速发展，国力的迅速增强，连超级强国也不敢小视中国了。一些亚洲、非洲小国都有学者得诺贝尔奖，他们怎么不对那些国家有偏见呢？我们知道，诺贝尔奖的评选委员会由世界最具影响、也最有权威的各专业的专家组成，他们公正的态度是不用怀疑的。每年各专业奖项，特别是医学、生物、物理、化学、文学等奖项的得奖者，都是受世人公认、在某个领域中有杰出贡献的科学家、作家，是众望所归的。这些都是客观事实。我们百年与诺贝尔奖无缘不要怨天尤人，而应当从我们自身找找原因。

笔者认为，问题就出在我们的传统教育上，出在我们的教育思想和教学方法上。千百年来，我国的教育过分强调师道尊严，师生不是一种平等的关系，而是一种上下的关系、尊卑的关系。在学校，教师是至高无上的，教师的教导都是正确的，无论是理论或学识。在这种教育思想熏陶下，在学生的心目中，教师的话永远是对的。家长的话可以不听，可以怀疑，但教师的话不可不听，不能怀疑，教师在学生心目中具有绝对的权威。在以分取人的应试教育制度的指挥下，学校鼓吹智育第一，学校的教学活动一切为了考高分。教师的主要任务是传道、授业、解惑，就是掌握前人的知识，找到步入知识宝库大门的钥匙，掌握解决问题的方法和答案。即使是在提倡启发式教学法的今天，教师的启发也只是停留在要学生循着老师思维的轨道去思考。所以，平时采用题海战术、一题多练，初中、高中三年，用两年甚至一年半讲完课，其余时间就是让学生进行练习和模拟考试。这样我们学校训练出来的是一批只会跟着别人走，循着别人思维方式去思考问题的人。这样人没有多少个性，没有自己独特的想法。现代教育理论认为，没有个性就没有创造性，所以我们学校培养出来的学生，自然就缺乏创造精神了。加上几百年来中国社会一直存在着严酷的政治斗争，特别是清代的文字狱，20 世纪六七十年代的文化大革命，知识分子被残酷斗争，无情打击，更加使得本来就没有多少棱角的知识分子个性全无，变成圆滑世故，只会听命的唯书、唯上的“绵羊”。这样怎么可能成为具有独特个性、创造精神的诺贝尔奖得主呢？没有个性、没有创造性，老跟着别人屁股后面走的人，就是不敢创新，不敢另辟蹊径，不敢为天下先的人，将永远与诺贝尔奖无缘。这就是我们的问题所在，是由我们千百年来的教育模式所造成的。我们的学者不能拿诺贝尔奖，只能怪我们长期不合理的教育体制。

问题的出路何在？这就需要我们进行教育改革和社会改革，慢慢地营造一种读书人不唯书、不唯上的风气和平等的师生关系。学生要向老师学习，同时也要鼓励学生超越老师，创造一种培养学生个性的环境。这样的一种社会环境和师生关系，改革开放以来开始出现了，这是十分可喜的。我相信假以时日，再过十年二十年，我们国家一定会有专家学者站在诺贝尔奖的领奖台上。

我们既要看到问题的所在，承认自己的缺点，又要看到我们的希望。让我们一起共同推动教育改革吧！

（2009 年 3 月）

为何如今应试教育之风越刮越猛而素质教育刚呱呱坠地就夭折?

2000年中共中央、国务院发出了《深化教育改革，全面推进素质教育的决定》的重要文件。我和许许多多教育工作者以及关心教育改革的人一样，欢欣鼓舞，以为一场轰轰烈烈的教育变革会在我国席卷。但令许多人意想不到的是，这场以减轻学生负担（以下简称为“减负”）为突破口、以实施素质教育为目标的教育改革，在不到半年的时间里就偃旗息鼓，草草收场。一个刚刚呱呱坠地的幼小生命就夭折了。而以节假日补课、加班加点、题海战术为特征，以提高分数优秀率、升学率为目标的应试教育之风却愈刮愈猛，形成一股不可抗拒的风暴。于是，几乎所有的人都投降了，上上下下也都不再吭声了，从此以后也没有人再提素质教育了。应试教育便以更加疯狂的面目出现了。中小学校的校长、教师们在基层教育部门的精心指导下，更加毫无顾忌地甩开臂膀大干了：无休无止的补课，不仅双休日补，其他的节假日也补，不仅毕业班补，非毕业班也补；题海战术大练兵，不仅平日的练习铺天盖地，升学考试那个学期更是实战练兵，一模、二模、三模、四模……就这样年复一年，莘莘学子在升学考试的独木桥上奔跑!

人们不禁要问：为什么实施素质教育会有这样的结局？为什么这样一场由中央发动又有社会舆论支持的改革，在不到半年的时间里就惨遭失败？为什么人家搞了几十年，证明是好的、对的素质教育在我国就行不通？为什么被许多专家认为有弊病的应试教育却打不倒、摧不垮且有如此强大的生命力？这一连串问题，看起来令人费解，其实也不奇怪。素质教育在我国还是一个新鲜事物，不为许多人理解，特别不为一般老百姓所了解，而应试教育在我国经历了许多年，有着相当强大的社会基础和影响力。这个基础和影响力是根深蒂固的。更主要的是，素质教育与应试教育是对立的，素质教育的实施，必然会触动一些应试教育既得利益者的利益，所以也就必然会遭到他们的顽强抵抗了。

第一，从具体领导推行素质教育实施的各级领导机关看，各级的教育行政部门，相当一部分人在理论上，对实施素质教育认识不足，对实施素质教育的重要性和必要性没有充分的认知，担心实施素质教育之后，会削弱智育而降低教学质量，这是一个方面。另一方面，教育部门中的某些工作人员是应试教育的直接受惠者。因为实施素质教育，取消了重点中小学，使国家的教育资源均衡分配，会损害他们的某些利益。这就是他们对素质教育持消极态度，甚至抵触情绪的根本原因。

第二，从具体组织实施素质教育的中小学校的领导和教师来看，特别是重点学校的领导和教师，他们从应试教育得到的好处和利益不小。所以，他们极力维护应试教育而消极甚至抵制素质教育就不足为怪了。过去长时间推行应试教育，用分数和升学率作为升职和奖励的主要标准。统考的分数高和升学率高的学校和教师，可以涨工资，可以升职、升官，还可以得到丰厚的奖金，可以去休养、旅游甚至出国“考察”。另外，在重点学校工作，近水楼台先得月，自己的子女哪怕成绩不怎么样，也可以凭借自己的优越位置让他们在重点学校获得一个位子，得到一般人的子女得不到的良好教育。

第三，从领导一方水土的地方官员的角度看，他们大多对应试教育也情有独钟，依依不舍。他们对自己管辖下的地区，每年的高考升学率最感兴趣，因为它是自己政绩的一个重要组成部分。这项政绩与GDP一样，是他们日后升迁的重要资本。所以尽管教育部早有明令要取消重点学校和重点班，但事实上确是名亡实存。减轻学生的课业负担也曾三令五申，但他们却采取阳奉阴违的办法，暗地里支持下面同上面对着干。各级地方官员自然就成了应该教育的保护伞和护身符。

第四，从广大学生家长看，他们中的绝大多数人对于什么是素质教育，为什么要实施素质教育，根本就不重视。他们中的很多人，只是从感情出发，一方面担心减负以后，学校布置的作业少了，孩子就会到外面玩，怕他们学坏；另一方面，学校过去搞的那一套应试教育的东西，虽然心疼孩子那样苦，却是孩子特别是农村孩子走出大山，跳出农门的唯一办法和途径。所以，他们就本能地赞成应试教育而反对素质教育。他们压根儿就不知道，实施素质教育将会给孩子带来许多好处，对孩子个性的发展、创造力的培养，对孩子的未来、事业和健康等方面都会产生积极而又巨大的影响。

在这里，还要指出两点：

一是从上到下存在一股抵制素质教育实施的势力。不是指大部分人，更不是指所有的人。教育战线里大部分人是拥护教育改革的，是赞成实施素质教育的。当年我在给小学教师做关于素质教育讲座时做过调查，发现绝大多数教师认为，应试教育确实有很多弊病，应当改革。要让学生有个性，有创新精神，有全面素质，就必须要实施素质教育。很多教师看起来对应试教育很卖力，其实是人在江湖身不由己，表现出一种无可奈何的精神状态。对素质教育持反对态度的人，当然有维护自己私利的因素，但主要还是认识问题。

二是当年中央作出推进素质教育的决定，之所以这么快就夭折，除了遇到强大的阻力外，还有两个重要的因素：首先是当年中央管教育的领导人不够坚决，知难而退。如果当时果断地采取组织措施，撤换个别领导不力、对推进素质教育有抵触情绪的领导人，选拔对素质教育认识好、有才能、有魄力的人到主要领导岗位上，这对教育战线各级领导将是一个很大的震动和教育。其次是过分强调稳定。有些人把稳定当成挡箭牌，认为大变动会影响社会稳定，搞一点修修补补就好了。

实践告诉我们，改革要有战略家的气魄。1978 年，没有邓小平这位战略家的勇气，从根本上改变闭关锁国和计划经济的政策，实行改革开放和市场经济，会有今天的局面吗？如今，改革已进入深水区，如果没有极大的勇气去冲破阻力，改革将难以继续。

我们期待着教育改革春天的到来！

（2011 年 5 月）

提高从化市小学教师综合素质的几点思考

近两年来为了自身教学工作的需要，笔者每学期都到基层教办、小学听课调研，受益良多，收获匪浅。最近，学校领导交给我一个命题：研究如何提高从化市小学教师的综合素质。笔者经过一段时间的调研，从理论和实践两个方面提出对这个问题的一些思考和想法。这些思考和想法充其量，也仅仅是一些很初步的意见而已，但它对整个小学教师素质的全面提高，进而对推动小学素质教育的实施，相信也会起到一定的作用。

一、对从化市小学教师队伍现状的基本分析

从从化市教育部门和基层教办了解到的信息，以及到下面小学听课、调研了解得到的第一手材料得到的总的印象是：农村小学学生淳朴有礼；校园“三化”搞得不错，给人一种整洁清净的感觉；教师比较年轻、有朝气、有活力。但教学条件较差，设备较差；教师中，有相当一部分由民办教师转正过来，没有受过正规的师范训练，素质有待提高；教研气氛不浓，教学质量有待提升。具体说来：

（1）中老年教师这个群体，他们在教学上有一套经验，工作认真负责，但在教研方面，却缺乏热情。普遍认为自己已40多岁了，什么都定型了，什么校长、主任的角色又轮不到自己，顶多就是求个高级教师的头衔，所以日子应付着过，“不求有功但求无过”便是他们的信条。不要说55岁以上的人，就是接近55岁的男教师，在镇下面的小学也不多见，能退的都退了。由民办教师转正的那部

分教师，多半都是中师函授毕业，“文革”中读的小学或初中，文化功底较差，十年间依旧半桶水，有的人只能教一、二年级。语文课中，连一些常用字都读错，如把“好逸恶（wù）劳”读成“好逸恶（è）劳”，把“蜕（tuì）化”读成“脱（tuō）化”，把“瞠（chēng）目结舌”读成“堂（tāng）目结舌”等。

（2）在40岁以下这个较为年轻的教师群体中，受应试教育这个“牛鼻头”牵动，大家都为分数而教，课上得很传统。他们中的一部分人对教研、写论文、写经验总结之类的活动，缺乏兴趣和热情。他们参加这些活动，多半都是被领导牵着、推着走的，缺少一种主动精神。

（3）在镇下面的小学，多半地处偏远，工作条件差，生活艰苦，更加缺乏像城区那样丰富多彩的业余生活。所以在偏远山区工作的教师，都有一种玩麻将、打扑克的风气。我曾经问过一些教师：为什么这么多人热衷打麻将？他们几乎都异口同声地说：平日不像你们住在城区的人那样有较为丰富的夜生活，我们放了学后无聊得很。为了解闷，大家就只好玩起麻将来了。他们不赌博，只是以此来寻开心。

（4）在城区小学里却有另一番景象。教师队伍的整体素质较好，精神面貌也比较振作，有一股积极向上的精神，教研的氛围也比较浓，教学质量也比较高。镇下面的小学里，在青年教师这个群体中，也有一部分思想积极，要求上进，钻研业务，工作积极，教学能力、业务水平大有长进的教师。某镇一位钟姓女教师就是其中的代表。她中师毕业，担任全校的美术课，工作认真，全情投入，力求把每堂课上好。她跟学生们一起，在校园里，搭建了一个十来米长的艺术走廊。当人们走进这所小学，立即就会感受到一股浓烈的艺术氛围。特别是她带领学生用树叶、花朵、石子、羽毛、花生壳和火柴枝等材料，拼出一幅幅自然朴实的拼贴画，给人以一种美的享受。她政治上要求上进，毕业到学校不久就加入了中国共产党。我们听过她的一堂贴画课，生动活泼，既注意启发学生思考问题，又重视培养学生的动手能力，很有特色。还有某镇一李姓英语老师，教龄虽然不长，但她刻苦认真，教学基本功扎实，教态自然亲切，主体和主导的关系处理得比较好，课上联系实际，对学生循循善诱，学生积极性较高，给大家留下了较为深刻的印象，受到师生们的好评。

（5）由于受应试教育的长期影响和高考这根指挥棒的指挥，整个小学的教学活动都围绕着分数团团转。教师为分数而教，学生为分数而学，重知识轻能力，重理论轻实践，学生大多高分低能。就学生的语文能力而言，听说能力好一点，读写能力较差；朗读能力较低，普遍存在唱读现象。写作方面，受长期教条主义的写作指导的影响，统一题目，统一中心，统一结构，十分刻板，既限制了学生思维，又要学生写自己不熟悉的内容，再加上写作次数太少，致使学生的写作水平普遍较低。

可喜的是，随着素质教育的宣传和深入发展，素质教育业已在某些学校悄悄地进行着，并初步探索出了一些规律。最近，我们先后到一些小学听课调研，了解到这些小学都在摸索如何实施素质教育的路子，学校的教改和第二课堂搞得有声有色。在禾仓小学，我们看到，各个班级有开展英语对话的，有开展智力竞赛的，有开展动植物标本制作的，有开展数学竞赛的，有在老师指导下学电脑的，还有在老师指导下练琴、剪纸的等，一派生动活泼的景象。那天下午，我们还听了五年级（1）班由彭老师上的语文课和五年级（2）班由邝老师上的语文课。这是两节别开生面、富有素质教育色彩的好课，给人一种耳目一新的感觉。这两节课有这样的几个特点：一是形式独特，四位学生围坐在一起，展开讨论。二是教师无论是朗读还是启发提问都声情并茂，激情满怀，不仅感染着学生，也感染着听课的人。三是以学生为本，尊重学生的主体地位，关系处理得较好，没有过去那种以教师为中心的影子。教师提出的一个个问题，不是由教师去表述，而是引导学生，通过学生读书、划句子、思考讨论等一系列活动去体会、回答。四是教师很注意保护学生的学习积极性和求知欲，对学生的回答、分析都能给予热情鼓励，哪怕是对回答得不太完整的学生都能加以赞许，绝不泼冷水。

二、对提高从化市小学教师综合素质的几点思考

实施素质教育，要求教师有较高的综合素质。面对从化市小学教师的现状，总结一些小学的经验，加上个人对这个问题的思考，要大幅度提高小学教师的综合素质应当抓住根本、综合治理。具体来说，应从以下六个方面进行：

（一）更新观念，促六个转变

素质教育是当今世界教育的主旋律。要让教师彻底摆脱和摒弃应试教育的束缚，树立素质教育的新观念，确立面向全体，全面发展，发展个性，培养创造精神和实践能力的思想。为此，要实现六个转变：

（1）从以教师为中心的单一传授知识向学生为主体、教师为引导的现代教学观念的转变。

（2）从仅以学习成绩优秀为人才的传统人才观向人人可成才的现代人才观的转变。

（3）从仅以考试成绩为衡量标准的质量观向道德、智力、身体、美育、劳动、艺术、个性、心理等全面发展的质量观的转变。

（4）从面向一小部分尖子培养的传统不公教育观向面向全体学生的现代公平教育观的转变。

（5）从向学生传授知识的传统“授鱼”观向主要启发学生掌握学习知识方法的现代“授渔”观的转变。

（6）从遵从关系的师道尊严观向师生平等、互动互尊的新型师生观的转变。

（二）抓好教师的行为规范管理，提高思想道德素质

提高教师的思想道德素质，要有一套规章制度，包括政治学习制度和行为规范制度。此外，教师道德素质的提高，还要强调一个方面，即内聚人心，实行多元的人格化管理。学校是知识分子集聚的地方，历史经验告诉我们，得人心者昌。要办好一所小学，取决于整个团队能否心往一处想，劲往一处使。学校要以“人和”为指导思想，实行以情感管理为主，制度约束和经济手段为辅的多元人格化管理，其内容包括：尊重教师，确立教师的主体性，别把教师当阿斗；关心教师的生活、思想和工作，尽心尽力地解决他们工作和生活上的困难，解决他们的后顾之忧；充分信任教师，发挥他们的积极性和主观能动性，鼓励他们的创造精神；重视培养青年教师，对他们参加学历培训和岗位培训要大力鼓励，使他们的文化知识和专业技能得到提高；重视营造健康和谐的人际关系，形成团结一致、奋发向上的坚强集体。

（三）外树形象，塑造德铸师魂

这几年，随着教师政治地位的不断改善和工资的不断提高，不少行外的人都有点羡慕教师的工作。在这种情况下，有的领导沾沾自喜，以为教师的专业思想从此巩固了，因而放松了对教师的要求，教师的形象反而变差了。针对这种情况，一要不断组织教师学习《教育法》、《教师法》、《中小学教师职业道德规范》等法规文件，二要树立典型，表扬先进，树立良好的师德师风，塑造以高尚师德为核心的师魂。

（四）对症下药抓培训，不断提高业务素质

教师是学校素质教育的实施者，提高教师的业务素质，是实施素质教育的根本保证。为此，我们要从以下四个方面保证教师业务素质的提高。

（1）抓好各类培训班。岗位培训是以更新教师的教育理论和拓宽、加深知识为目的的一种培训，所以在培训中，要按“需”施教，让每位参加培训的教师都有所得。这个“需”，就是“症”。要做到这一点，就必须在培训前做好调研工作。去各学校听课，参加他们的教研活动，是最好的办法。

（2）加强教育科研。许多学校的实践已经证明，组织教师搞专题研究是提高教师业务素质和出高质量论文的有效办法。从化市教育部门和进修学校应在这方面多给一些理论和方法上的指导。

（3）鼓励教师自学，走自我学习提高的道路。这种自学不是自由放任式的自学，而是在领导引导下有组织、有目的的自学。可以根据学校的教育教改情况和目标，结合每位教师不同的任课科目，自己确立一个短期或中期的目标或课题，通过自己找资料、读书、摘录、钻研，形成某种答案或文章，找到解决某种问题的意见和方法。这种带着问题去研究的方法，是提高教师业务素质行之有效的办法。当然，鼓励教师自我进修，还需要不失时机地组织教师参加多种形式的业务培训，加强校内外的业务交流，不断地吸收新信息、新知识，开阔视野，使教师长期处于“充电”状态。

（4）锤炼内功。当今的素质教育给我们每一位教师提出了越来越高的要求。每个镇级学校，应根据自己的实际情况和实施素质教育的需要，具体提出一些练基本功的要求：或三字（钢笔字、毛笔字、粉笔字）一画（图画），或普通话，或教学设计，或课堂艺术，或论文写作，或电脑使用，或电教使用，或软件设计等等。如能让这些基本功训练制度化并持之以恒，就一定会有大收获。可使

绝大多数教师在三到五年内做到七会：会写一手好字，会讲一口流利的普通话，会上好（每）一堂课，会做有关实验，会电教使用，会画简笔画，会基本的弹唱跳（舞）。

（五）强化激励机制，调动教师育人的内动力

激励是杠杆，是教师工作的催化剂。我们应当根据从化市的实际情况和实施素质教育的需要，逐步建立和不断完善包括政治思想、物质、情感和工作竞争等多方面的激励机制，充分体现“多劳多得、优质多得”的分配原则，反对平均主义和大锅饭。

要尊重教师的主体性，使每一位教师都能感受到自己是学校的主人。在分工分课和重大的分配等方面，要发扬民主，广泛听取教师的意见。特别是在分工分课时，领导要根据每位教师的专业知识、个性特点、兴趣爱好等情况，用人所长，科学搭配，优化组合，做到人尽其才。

（六）加强对外交流学习，提高教师的教研能力，增长教师的才干

从化市地处山区，小学多半地处边远，即使在交通和信息发达的今天，信息也还是比较闭塞的。这是一个弱点和短处。为了提高从化市小学教师的综合素质，除了前文谈到的五个方面的意见之外，加强对外交流学习，开阔视野，学习先进地区学校的先进经验，借他山之石，攻我之璞，增长教师的才干，亦是非常必要的。除了市有关部门每学期有计划地组织直属小学和各镇中心小学的骨干教师走出去做调查研究、取经交流之外，各镇学校也应该在财力允许的条件下，分期分批地组织教师，特别是各科的带头人到外区县，进行一些考察、观摩的学习交流活动，也可以请一些先进地区学校的骨干教师来校指导教学研究工作。这也是有效提高教师素质不可或缺的一项工作。

由于笔者孤陋寡闻，才疏学浅，上面所提的一些想法和意见，定有不成熟的地方。有不当之处，恳请大家批评指正。本文也算是笔者在退休之前，留下的一个纪念！

笔者深信，假以时日，从化市小学教师的综合素质，一定会有一个较大的提高。

（2010 年初稿，2013 年 11 月修改）

港台一瞥

香港艺人成龙大哥的两宗“罪”

首先要说明，这里所说的“罪”，指的是严重的错误或过失，以免引起误会。

香港艺人、国际武打影星成龙先生近两年来在一些公共场合讲话时，不知道是对某些问题的无知，还是出于什么目的，有意或无意地对当前某些文艺现象、政治问题发表了十分错误的言论，造成了非常不好的影响，同时也受到了舆论的严厉批评。

成龙先生的第一宗“罪”是亵渎民主、自由，强奸十几亿中国人的民意。成龙先生最近在海南博鳌论坛上发言说：“有自由好，还是没有自由好，我现已经很混乱。太自由了就变成香港今天这个样子，很乱；变成台湾这个样子，也很乱。我慢慢觉得，我们中国人是需要管的。”这段话且不说在文理上通不通，就其所表达的意思来说，这是对民主、自由的公然亵渎，是对举世公认的民主、自由这个普世价值的公然对抗，是对十几亿中国人民民意的强奸。

我们知道，追求民主、自由是“五四”运动以来，中国许多仁人志士的梦想和奋斗目标，更是举世公认的普世价值。这一点我想谁也不敢否认，就是世界上那些最反动的独裁者也不敢公然反对。成龙先生以香港、台湾作为例证，试图说明中国人有了太多的自由、民主、人权就会乱，进而得出结论：“中国人是需要管的”，不能给他们太多的民主、自由。这样的一些言论，是不合时宜的。我们怀疑，成龙先生是否是中国十几亿老百姓的同路人，是否要做威权政治的卫道士。所以他受到舆论的批评是理所当然的。当然，我们所说的民主、自由不是无政府主义，而是在法治框架内的民主、自由。

成龙先生的第二宗“罪”就是煽动狭隘的民族主义情绪。两年前，正当韩国的电视剧涌进中国，许多电视台在晚上黄金时段大播韩剧之时，成龙在香港一次公共场合提出，为了挽救内地和香港不景气的电影电视产业，“要抵制韩流”。本人曾在一篇博文里批评说，每一个国家都要同世界接轨，整个世界都变成一个地球村，你还大喊什么抵制韩流，这是十分错误的，也是可笑可悲的。文化艺术无国界，这是国际共识。文化艺术大融合是大势所趋，还谈什么抵制别的国家的文艺，不是很可笑吗？今天如果各国还举起狭隘的民族主义旗号来，成龙大哥你还能成为国际影星吗？这一点就不必赘述了。

成龙为电影做出的成就是公认的，最近又投身于慈善事业也是值得称颂的。但由于自身客观条件的限制，他不应该在其他领域里讲话过多，否则还会继续讲错话。他应当在自己的电影和慈善事业中多做实事，这才是上策。

（2010 年 9 月）

对香港民主派的策略也应该解放思想

——给港澳办的一封公开信

香港回归祖国快要11周年了。11年来，香港在各个方面都有了长足的发展，但在政制改革和民主发展方面同香港的主流民意还有较大的落差。这同对香港的民主派的态度和政策有关。

香港是中国的一个特别行政区，按照邓小平当年的构想，实行的是一国两制，港人治港，高度自治。一般来说，除了国防和外交事务由中央政府管辖外，其他的政务、经济、民生、文化、教育等都由特区政府自己处理。

在去年召开的党的十七大上，胡主席在他的政治报告中，提出要进一步解放思想。最近，中央在对日外交、对台政策都有新思维，中日关系出现了暖春的新气象，两岸也出现了令人鼓舞的势头。但令人遗憾的是，十多年来主管香港事务的领导班子在对待香港民主派的问题上，还是停留在当年与港英当局抗衡的那种思维，认为民主派都是当年港英当局的代理人，都是中国政府的反对势力，所以在许多方面都采取了对抗和打压的政策。

在党的十七大上，胡锦涛总书记在政治报告中强调要继续解放思想，推进我国的民主化进程和现代化建设。我想，在对香港民主派的问题上，我们是不是也应该解放思想，换一种新的思维？对民主派，我们应当有一个正确的估计。从总体上来说，民主派中绝大多数人本质是好的，他们当中不少人是律师、医生、教授等。他们对香港都有一定的贡献，具有一定影响力，也有一定的认受性。否则他们怎能当选为立法会议员呢？他们平日发出的声音，代表了社会上一部分市民的声音。我们知道，作为领导者，要广开言路，善于倾听各种声音，尤其是不同于自己意见的声音。忠言逆耳，那些拍马、献媚者不一定是好人，可能还是野心家、阴谋家。“兼听则明，偏听则暗”，我们应当牢记这一箴言。

我们应当像对待一般香港市民那样对待民主派人士，欢迎他们多回乡（大陆）看看、调查研究，这样他们过去对我们有误解、有偏见，就可以通过回乡了解沟通并消除。退一步来说，即使有人借回乡搞不法行为，我们也可以用法律手段对付他们。

看来，我们港澳办的官员对香港的民主派确实有相当大的不信任感，有相当大的隔阂和误解。这些应当也只能通过沟通、接触、交流慢慢去化解，变阻力为动力。在国际上，许多国家之间过去战火不断都可以通过交流、谈判化解恩怨，结成朋友，为什么我们同民主派之间就要弄得那么僵呢？我们同他们之间毕竟还是属于人民内部矛盾嘛！我们是矛盾的主要方面。首先要解决认识问题，其次是要树立领导人的风范。中国有句古话，叫作“宰相肚里可撑船”。对他们，我们的官员也应有“可撑船”的肚量和风范。

党的十七大和人大会议都提出要构建和谐社会。要在香港构建一个和谐社会，一个很重要的问题就是要处理好中央政府同香港民主派的关系。如果我们把他们继续当作异己看待，视他们为反中乱港的势力，那么可以断言，香港社会就无宁日，香港社会就会分化成两股对立的群体，这是香港社会的悲哀。这是包括香港市民在内的全体中国人民不愿意看到的。

（2008 年 7 月）

对台战略之我见

新中国成立之后，台湾经历了巨大的变化。我国的对台战略、政策也经历了极“左”、“左”、较“左”和今天比较符合现实情况的巨大变化。文化大革命前后那种“我们一定要解放台湾”和“解决台湾问题要准备和与战两手”的战略提法姑且不说，就近十年来对台一直强调必须承认一个中国，台湾是中国的一部分。这虽是客观事实，但对实现祖国的统一大业并无益处，只会增加双方的对立情绪和敌对思维。

最近，胡锦涛同志在党的十七大工作报告中提出“四不”主张，协商正式结束两岸对立状态，达成和平协议，构建两岸和平框架，开创两岸和平发展的新局面。在最近接见台湾连战先生时，更加提出了“求同存异、搁置争议、建立互信、共创双赢”的十六字方针。这是中央最近提出的对台政策的新思维。它既获得了国际舆论的高度肯定，也获得了台湾朝野的一致赞扬，即将上任的台湾新领导人马英九先生也作出了正面和善意的回应。但是我们当中的有些人对此并不理解，认为这样是不是太“右”了一点。

实现祖国的统一大业是一个伟大而长期的目标，不是一蹴而就的。几十年来的现实告诉我们，使用武力实现统一是不可取的，是下下策。即使用导弹把台湾打个稀巴烂，收复了台湾，但留给台湾人民的是创伤和仇恨的种子。武力只能消灭人的肉体，不能征服民心。这是千百年来的战争史告诉我们的一条真理。

2008 年台湾“立法会”选举，国民党赢得了超过三分之二的多数席位，3 月的大选国民党又拿回了执政权。当选的马英九先生随后就提出“三不”政策，这就为两岸实现和解以及增进交往，实现经济互惠、双赢提供了一个契机。胡锦涛主席抓住了这个契机，提出了十六字方针。这是对台政策的新思维，是非常值得称颂的。当前有不少人存在一种急于求成，希望尽快解决统一问题的想法，其愿望是好的，但是不现实。在实现祖国统一大业的问题上，我们必须确立一种以时间换空间的战略思维，就是以时间的长度换取和赢得两岸慢慢融合、共同发展的空间，等到两岸人民之间的感情交织了、相通了，经济发展交融了，民主意识和民主成熟度趋同了，这样两岸的统一也就水到渠成了。当然，在这样一种战略思维下，还有几个问题或者说几件事情是我们必须注意的。

正确认识“台湾意识”。现在，包括一些专家、学者在内的人认为，马英九是一个很难缠、很危险的对手。他虽是个外省人，出生在大陆，但他在台湾长大，长期生活在台湾，有着一种台湾本土意识，甚至把他的“三不”宣示解读为抗拒统一，把他的拓展国际空间解读为台独倾向。这种解读都是十分错误的。持这种观点的人实际上把人家推到自己的对立位置上去了，这叫作自我树敌。不错，马英九是有台湾意识，但有台湾意识就是台独吗？他生活在台湾，台湾是他的第二故乡，有台湾意识是一件很自然的事情。此外，根据台湾媒体的民意调查，超过50%的民众都希望维持现状，不统不独。这就是台湾的主流民意。作为台湾的领导人，他就要尊重民意，顺应民意，否则他就要下台。他热爱台湾，有台湾意识，这有什么错呢？就像我们许多人热爱自己的家乡一样，何罪之有？难道爱家乡就等于不爱国了吗？此其一。

我们有的人过分地解读“九二”共识。“九二”共识就是“一中各表”。中央也已经说了，只要承认“九二”共识就可以谈判。双方都应该模糊地提“九二”共识，避免主权之争。否则，一百年也谈不起来。我想，胡主席说的搁置争议就是这个意思。此其二。

两岸谈判最好是通过“两会”这个半民半官组织来进行。不管是包机直航、经济交往、旅游和文化交流，还是和平谈判等，透过

“两会”进行就可以较好地避开敏感的政治问题，实现求同存异，搁置争议。此其三。

在国际上，对一些非主权国家可以参与的国际组织，可允许台湾以中华台北的名义参加。

（2008 年 7 月）

再谈谈对台战略之我见

最近，海峡两岸出现了一种缓和的形势与和平气氛，不但两岸人民欢欣鼓舞，就是包括美国在内的西方国家，也给予了十分正面的肯定和高度的评价。

不久前，我就对台战略，即和平统一问题提出了自己的看法。就是解决台湾问题，要有一种更宽广的战略眼光，绝不能操之过急。要以时间换空间的战略思维去实现祖国的和平统一大业。所谓以时间换空间，就是以时间的长度如20年、30年、50年甚至更长的时间，去换取在平等与和平基础上的相互交往、交流，结交朋友，鼓励通婚等，在互相合作、互相帮助（如这次四川大地震）的过程中达到相互了解，建立感情，共同繁荣。漫长的岁月一定会逐步拉近彼此的距离。不仅会拉近经济发展的距离、生活水平的距离，也一定会拉近两岸意识形态的距离，更加重要的是拉近民心的距离。这样，两岸人民自然就会变陌生为熟络，变对立为亲善。到了那时，统一就不成问题了，这就叫作水到渠成。在统一的问题上，任何骄躁情绪都是行不通的，只会适得其反。

最近，有一些专家学者，对当前出现的大好形势，不是加以保护，而是泼冷水，甚至提出一些悖论，比如要当心马英九的陷阱啦，马英九有台湾情结啦，马英九是一个难缠的对手啦，马英九骨子里有绿的色彩啦，不能只谈经济，谈政治就要谈路线图啦，不能给他们国际空间啦，等等。

大好形势来之不易。我们要让这种形势向前发展，而不要给中央的政策添乱。这些人出发点是好的，但结果却事与愿违。

对于马英九的不统、不独、不武的“三不”政策，我们应当这样来看：不统，不等于拒统；不独，符合我们的战略思考和战略意图；不武，给和平解决两岸问题提供契机。“三不”是当前台湾的主流民意。作为刚刚当选的台湾领导人，当然要顾及民意。如果他在任期内提出与大陆统一问题，就是违背民意，这样的领导人还能当得下去吗？这不是陷阱而是现实。

马英九生在大陆，长在台湾，而且在台湾生活了几十年。他有台湾情结是十分正常的。他爱台湾，自认是新台湾人有什么错呢？他最近说，台湾同大陆同根同源，同属中华民族。为什么硬要把人家爱台湾等同于台独呢？

有的人对最近马英九任用有绿色背景的赖幸媛为“陆委会”主委，作为对马的大陆政策要刹车和向绿色靠拢的一条论据，这也是站不住脚的。我看这是马独具匠心的安排。他要给台湾人民一种现在的马政府不仅是蓝营的政府，而且是全体台湾人民的政府，是争取大选中没有支持他的500多万选民的正确做法，是马当选后有意淡化色彩，化解族群对立的一招。难道我们还想看到台湾蓝、绿族群对立甚至斗个你死我活？持这种观点的人，太过于短视了。至于那种不仅要谈经济，也不能避开政治问题、统一问题，而且还要有路线图的观点，也是速统论的一种表现，因而也是错误的。60年来的实践已经证明，主权问题是一个死穴，我们不要去碰它。一谈这个问题，谈判之船就会触礁。所以，最近胡主席在接见萧万长先生和连战先生的时候，一再强调要搁置争议，求同存异。主权之争先搁置起来，只要承认以一中各表为核心内容的“九二”共识就可以了。“九二”共识是一个模糊概念，在两岸交往中，在目前的情况下模糊要比清晰好。你硬要谈什么政治路线图，一来这跟中央不同调，二来会把来之不易的大好形势弄糟。退一步来说，就算你搞出了一个路线图，台湾要出了个陈水扁式的人物，他还会理会你的路线图吗？现在去搞什么路线图是不现实的，也是不可取的。我们最重要的是加强与台湾人民的沟通和交往，不断增进感情，防止陈水扁式的人物再次上台。

一个人、一个地区、一个国家都一样，它要活下去就得要一个活动空间。争取一定的国际空间，这是目前台湾人民的共同心声。这一点我们应当感同身受。我们要争取台湾人民，要同2 300万台湾人民做朋友，视他们为一家人，就得体谅他们的困境。让台湾参加一些非主权国家可以参加的国际组织，这是我们可以做也是应当做的。过去的实践已经证明：处处封杀人家只能适得其反。

最后，缔造台海和平也是实现和平统一大业的一个重要方面。缔结和平协议，不仅是两岸同胞的和平发展所必需的，而且也是向台湾人民表达的一种善意，营造一种友好、融洽的气氛。对于台湾方面提出的撤除对准台湾的导弹问题，只要台湾方面允诺今后不再或逐步减少向美采购大批先进的武器装备，我们就可以这样做。事实上，枪口相互指着对方而谈什么和平友好是莫大的笑话。

希望我们的专家、学者多说点有利于两岸和平友好的话，老是猜疑对方，疑心生暗鬼，实际上是为解决台湾问题制造障碍，给中央帮倒忙。

（2008年8月）

为马英九先生讲句公道话

2009 年 8 月 8 日，莫拉克台风给南台湾地区带来了百年不遇的特大的台风水灾。两天之内下了全年的降雨量，洪水横流，泥石流肆虐，冲垮了无数的桥梁和房屋，吞噬了无数的良田和村落。像高雄的小林村等少数山村遭到了灭村的命运。台风过后，台湾南部许多地方成了泽国，哀鸿遍野，许多乡村成了孤岛。霎时间，昔日美丽的村落消失了，失去亲人和家园的难民呼天抢地，一片哀号。台湾媒体和舆论一片哗然。除了绿营媒体和人物之外，不少蓝营媒体和政治人物也加入了对马英九和他的团队的声讨和谩骂的行列。责骂声、质疑声铺天盖地，经久不息，甚嚣尘上。

当然，公正地说，马英九和他的团队对救灾和安抚灾民方面是有缺失的，确实是慢了半拍，面对激动和愤怒的灾民以及受害者的家属，有些话是欠妥的。对此，媒体有责任批评指出。但台湾的许多媒体和政治人物，出于不同的政治目的和动机，对马英九的缺点揪住不放，什么救灾不力应当下台呀，什么无知无能呀，什么无情冷血呀，等等。倒马声浪铺天盖地。美国有线电视 CNN 也加入了这一倒马大合唱，内外呼应，推波助澜，甚嚣尘上。面对台岛发生的一切，作为大陆人，我们可以理解，岛内的某些媒体和政治人物都有他们的政治动机和目的。遗憾的是，作为颇有影响力的凤凰卫视中文台却没有以理性、公正、客观的态度去报道、分析和评价发生在台湾的这场空前灾难，而是鹦鹉学舌般用岛内某些媒体和美国 CNN 同样的语调加入到攻击和谩骂马英九的行列，扮演了极不光彩的角色。在其新闻节目和其他一些节目如《有报天天读》、《时事开讲》、《解码陈文茜》等中都是如此。只有《骇客赵少康》做得比较客观公正。一向标榜自己公正、客观、不偏不倚的传媒，这一次真的不那么客观、公正了！难道马英九真的像你们所说的那样是一个无能、冷血，毫无执行能力，与灾民格格不入的领导人吗？甚至比台湾史上最贪得无厌，现在正关在台北土城看守所受审的陈水扁还要差、还要坏？你们一再引用台湾和美国 CNN 的民意调查，称马英九不如陈水扁，超过 80% 的民众要马下台。我看并非如此！马英九先生至少是一位清正廉洁、克己奉公、恪守法律、比较理性的政治人物。在这次“8・8”大灾中，他是全心投入救灾的，只是他学法律出身，重法律，一切按程序办事，在行动上就表现得迟缓，救灾不力。他逾十次深入重灾区指挥救灾，体察民情，聆听民怨，能说他冷血吗？把“我不是来了吗”这句话肆意解读，无限上纲，这是鸡蛋里挑骨头的做法！

再说，在台湾这大难临头的时刻，把马和他的团队推倒，对台湾有好处吗？对救灾有好处吗？对推进两岸和平发展有好处吗？倒马正中了民进党和美国人的下怀！俗话说“金无足赤，人无完人”，马英九也是人，也会犯错误。只要本质好，施政的方向对，就应当肯定他、支持他。正确的做法和态度是，在指出马和他的团队在救灾中的缺点和问题的同时，客观地、实事求是地分析产生这些问题和失误的原因，敦促和鼓励他们认识自身的不足，振作精神，在台湾人民和大陆人民以及国际社会的支持、帮助下，迅速改变被动局面，努力把救灾重建工作做好。

以上所说的话不一定都对，或者说得太重，但至少是本人的心里话。为了台湾人民的福祉，为了两岸的和平和统一，也为了凤凰卫视办得更好，我只好实话实说。

（2009 年 9 月）

陈文茜与宋楚瑜在唱双簧

2011年10月27日晚凤凰卫视中文台《解码陈文茜》栏目主持人陈文茜，邀请台湾亲民党主席宋楚瑜做嘉宾，谈近期台湾政坛发生的“震撼弹”——宋楚瑜参选2012年1月的台湾大选，唱了一出很妙的双簧戏。

主持人问：你为什么要参加明年的台湾大选呢？宋说：我之所以要参选，不是为了我个人，而是回应台湾社会各方面的期许。台湾今天需要有一个有能力的人，带领台湾走向未来。为了回应宋的回答，主持人借用狂人李敖的话说，蔡英文和马英九都是一个样的人，都很无能。他们两人不同的是，一个进女厕，一个进男厕。在他们看来，台湾谁都不行，只有宋楚瑜才能带领台湾人民走向未来，走向光明。这真是滑天下之大稽，也狂妄到了极点！人们不禁要问：十年前宋楚瑜年富力强的时候，怎么不带领台湾向前行，而到了七十几岁的时候才奋起行动？台湾人民会相信吗？鬼才会相信呢！

宋的参选目的其实很清楚了，陈宋两人的对话就对此作了一个十分精辟的注解。陈说，今年3月亲民党的一位重要人士（宋的亲信），为了立委选举向国民党提出亲民党的参选名单，与国民党协商遭拒后，又向马提出让宋楚瑜担任行政院长的意见，也被一口拒绝。此外，今年初金溥聪向法院提告宋楚瑜。最近虽然撤诉了，宋也还是耿耿于怀。这些就是宋楚瑜决心参选的根本原因的最好注解。说白了，他执意参选，一是因为个人的恩怨，二是为了亲民党及其支持者的利益，三是不让马当选，暗助蔡英文。什么为台湾啊，为回应台湾社会对宋的期盼啊，说得多么伟大呀！其实是司马昭之心——路人皆知也！

当主持人问到会否发生弃保效应的时候，宋回答说，不会出现弃马保蔡或弃蔡保马的情况，只会出现弃马保宋或弃蔡保宋的情形，因为现在台湾的很多年轻人找不到工作，失业率很高，对马政府的政策很不满，对蔡也没有信心。现在台湾正需要一个有能力带领台湾走出困境的人。言下之意是，宋楚瑜就是这样的一个人。真是大言不惭，不知天高地厚。

关于联署，主持人问，为什么要给自己设一个一百万人的高门槛？宋回答说，我有信心，一定会超过一百万。这几天联署的情况怎么样？据媒体报道，绿营的县市很热闹，蓝营的县市却显得很冷清。这就告诉我们，联署的人数中不少是不真实的，到了投票的时候，参加联署的绿营人士，将一个不漏地投蔡英文而不投宋。再从近期几家民意调查来看，宋楚瑜的支持率一直都在10%左右，只占马、蔡支持率的三分之一至四分之一。许多人估计，到了投票日宋的得票数不会超过五十万。这些情况，当事人心知肚明。主持人为什么不问一个很核心、很要害的问题：为什么明明知道不能当选还硬要去参选呢？人们不难得出一个简单明了的结论：陈与宋楚瑜是在搅局，对马英九实施报复。换一句话说，就是宁可让蔡英文当选，也不能让马英九当选。用主持人的话说，要让马落选，把蔡英文送进台湾最高领导人的位置。

在这里，我们要指出的是，骨子里还没有完全褪去绿色的陈文茜请宋楚谕上节目，就是要给宋楚谕的选战擂战鼓、壮声威，充当宋倒马救蔡的帮凶！现在大陆多少人在痛骂宋楚瑜的搅局倒行。任何破坏两岸来之不易的和平稳定大局与和平统一大业的行径，都是不能容忍的，也必会遭到失败。

（2012 年 9 月）

舆论应明辨是非，不要转移焦点

——评王金平关说案

最近，台湾非常热闹。无论是平面媒体还是电子媒体，天天都是马英九和王金平政治斗争的新闻和评论，铺天盖地，汹涌澎湃。

起因很简单，台湾“立法院长”王金平，为在野的民进党的“党鞭”柯建铭的一桩受贿案，以电话的方式叫“法务部长”曾勇夫和“高检署”检察长陈守煌关照柯建铭，不要再抗诉。

这事情本来非常清楚，是和尚头上的虱子——明摆着，是一桩不折不扣的典型的说情案（台湾叫作关说案）。

在民主国家，在民主社会，官员，特别是高级官员，给别人说情（即关说），是一件很严重的事情，说明他的个人操守有问题，是对民主法治的亵渎，一旦揭发出来是要引咎辞职的。

在这件事情上，台湾的舆论本来应当明辨是非，对王金平的关说进行挞伐，作出舆论判决，要求王金平引咎辞职。这是一个大是大非的问题，是一个关系到台湾官场是清是浊的大问题，是一个关系到台湾的法制和社会公平正义的大问题。但非常遗憾的是，台湾的舆论没有这样做，根本没有对王金平的过错进行评判和追究，更没有要求他引咎辞职，而把焦点转移到马英九与王金平之间的斗争上，大谈马王之间的矛盾和斗争，实在令人不解和痛心！

马王之间有没有矛盾？有！但同关说案是两码事，不应把王金平为民进党的柯建铭说情这件事，同马王之间过去的恩怨混为一谈。面对王金平的关说，马英九先是暗示他应当引咎辞职，然后在他拒不辞职的情况下，才动用党的机器，开除他的党籍。马英九的做法是对的，是在维护台湾的法制，维护台湾社会的公平正义。如果马英九容忍这种说情风存在，马英九就不配做党主席；如果在关系到台湾的法制，关系到台湾官场风气的清浊好坏这样的大是大非问题上，关说案占了上风，台湾就会从此沉沦下去！

不过我相信：经过一段较长时间的发酵和沉淀，大多数人，特别是那些知识精英们，一定会清醒过来，认清王金平关说案的本质。到时，清风一定能战胜浊流，正义定能战胜邪气！

（2013 年 9 月）

不引辞，还狡辩

——二评王金平关说案

王金平作为国民党的一位大佬、现任的“立法院”院长，为了给在野的民进党“党鞭”柯建铭脱罪，分别打电话给“法务部长”和“高检署”检察长，要他们两人关照柯建铭的案子，维持原判，不要抗诉。这是明摆的事实。

这是一桩不折不扣、彻头彻尾的说情案。这一点，有特侦组监听到的电话记录。面对事实，王金平根本就不承认是关说，而狡辩说是“关切”。好一个关切！这是彻头彻尾的诡辩！如此明白的为柯建铭脱罪说情的事实，这种政坛丑闻，如果是发生在西方民主国家，当事人早就主动引咎辞职了！

面对王的狡辩和拒辞，马英九曾给他打电话，婉言劝说，希望他有所进退，但他依旧坚持错误。在这种情况下，马英九为了捍卫法制，为了国民党的清正廉洁，只好通过国民党内的中央考纪会，开除他的国民党党籍。

王金平出了这次关说案丑闻，又拒不承认错误，实在是玷污了国民党的声誉。这种人还有什么资格继续担任立法院长呢！

令人费解的是，当国民党中央考纪会作出开除其党籍之后，王金平还向台北地方法院申请假处分。三位法官竟然还批准了王的申请，保留其党权。

在这里，人们不禁要问：法官啊！你们的良知去了哪里？难道你们认为这不是一桩关说案？不是台湾政坛的一件丑闻？王金平这个丑闻的主角不应当引咎辞职？法官本来就应当捍卫法制，捍卫社会的公平正义，如今却站在维护关说的立场上，站在公平正义的对立面。在你们看来，官员，包括你们这些法官，给别人说情是无足轻重的小事，不足挂齿。这实在是台湾法官的悲哀，也是台湾社会的悲哀！如果台湾官场都弥漫着说情风气，容忍说情风，台湾社会还有什么公平正义可言呢？我们知道，关说是公平正义的死敌，两者是势不两立的。难道台湾官场就是如此盛行关说文化吗？实在令人唏嘘不已！台湾呀台湾，你应当清醒清醒啦！

（2013 年 9 月）

不主持正义，不捍卫法制，还为关说案抱不平

——三评王金平关说案

自从王金平的关说事件引爆之后，包括中国大陆在内，许多主持公正立场的人们都感到万分讶异：为什么台湾舆论面对王金平的关说案，不去讨论关说案这件事，不谴责王的做法，不去逼他引咎辞职，而把焦点转移到马王之间的争斗上？不要说党外的一些政治人物，就连党内某些大佬也站出来说话，说马英九对王金平下手太重啦，不应如此无情啦，甚至说这样做没有人性啦，等等，而对王金平表达了一片同情，更没有半点责难。这真是台湾政坛的一件怪事！

中国国民党在蒋介石独裁统治时期，无论是在大陆还是在台湾，没有很好维护法制，贪污成风，关说盛行，这是人所共知的事实。败退到台湾之后，情况依旧如此。后在蒋经国时代，台湾虽然走上了民主法制道路，马英九执政以后，开始改造国民党，扫荡国民党内的黑金政治，大陆许多人以为公平正义、民主法制这些普世价值的东西会在台湾地区扎根了，可万万没有想到，在国民党内以至整个台湾社会，关说风还是那样盛行，人情风还是那样的大有市场！更令人想不到的是，连国民党内的好些大佬也都如此，面对王金平的关说案，不是谴责王金平，不为马英九撑腰，声援马英九的做法，而是袒护王，为王打抱不平；这种不辨是非，不去捍卫法制和公平正义原则的做法，实在令人失望和气愤！

令许多大陆同胞感到欣慰的是，经过一段时间的发酵和辩论，

据报道，在台湾，马英九的民众支持率从 10% 提升到了 20% 余。这说明马英九的做法，开始得到了越来越多的民众支持。我相信，在台湾地区，公平正义一定能战胜关说文化，民主法制一定会战胜歪风邪气！台湾是不会沉沦下去的！

（2013 年 10 月）

给台湾地区的社会精英和法律界人士的一封公开信

——四评王金平关说案

最近，由王金平的关说案引出的“马王斗”、“违法监听”、“泄密案”等问题，波澜迭起，好不热闹。

事情是这样的：台湾特侦组经法务部门批准，监听嫌疑人、民进党“党鞭”柯建铭的电话，意外地发现国民党籍的“立法院长”王金平，为柯建铭的案子说情而给当时的“法务部长”曾勇夫和“高检署”负责人陈守煌打电话以及王给委托人柯建铭的电话记录，说托办的事情已经办妥。

这是一桩不折不扣的、典型的说情案，是明摆的事实！只要有点法律常识的人都会明白。

面对这种情况，马英九觉得，这样一桩关说案，是对台湾司法的践踏，伤害了公平正义原则，应当站出来说话，以维护法律的纯洁性和社会的公平正义。他先是给王打电话，暗示王应当有所进退。但王说他那样做不是关说，而只是关切。

在这种情况下，作为党主席的马英九只好开动了党的机器——中央考纪会，开除了王金平的党籍。王不服，向台北地方法院申请假处分。地方法院的法官判王的假处分成立，暂时保留王的党权。之后马又向高等法院提出抗诉，但却遭到驳回。

不久，王通过民进党某些人士，利用舆论引出了特侦组非法监听王的问题和王世铭泄密问题并入禀台北地方法院。台北地方法院空前地传唤了马英九和江宜桦两人，使得本来简单的关说案变得越来越复杂，演变成了一场关于马英九的政治风暴。原来关说案的两位当事人——王金平和柯建铭却在一旁冷笑，看热闹。

毋庸讳言，在整个关说案的披露过程中，从程序上看是有瑕疵的。作为特侦组的负责人，王世铭不应直接向马英九报告，而应当向他的顶头上司报告。

由简单的关说案演变成后来的特侦组的非法监听案和王世铭的泄密案，最后转化成棒打马英九的一场政治风暴，是世人始料不及的，但有些人却先把水搅浑，然后从中渔利！后来事情发展的结果是，马英九放弃了循司法途径解决王的党籍问题，关说问题却不了了之。

这个事件，充分“验证了这样的两个事实：一是“马英九没有朋友，王金平没有敌人”这样一个在台湾很流行的说法；二是在台湾上层官僚政客中，在法律界里，关说歪风深入人心，非常盛行，积重难返，是一个很难救治的痼疾！

在台湾地区法律界中，本来就有一些没心没肺甚至是黑心黑肺的法官。这不足为怪，也人所共知。奇怪的是，那些有良知的法律界人士，为什么在整个事件中鸦雀无声、冷眼旁观呢?

在这里，我们要呼吁：正义的、有良知的台湾地区法律界的朋友们，知识界的精英们，为了台湾2 300万人民的前途，为了捍卫台湾法律的尊严，为了台湾社会的公平正义，是站出来说话的时候了！如果再昧着良心，再沉默下去，再让说情风继续毒化台湾社会，让公平正义原则继续遭到践踏，台湾还有什么希望呢！

谁都知道，国民党远在大陆时期，直至到了台湾以后，说情风一直非常盛行。这种说情歪风毒化了整个台湾社会，它像肌体里的癌细胞那样扩散，侵蚀人的肌体，再加上王金平圆滑世故、八面玲珑，只栽花不栽刺的为人哲学，难怪他被爆出关说丑闻之后，许多人都同情他，都觉得关说并不是一件什么大事，反而认为挺身捍卫法治和公平正义原则的马英九无情无义，出手太重、太狠。这实在是台湾的悲哀！把搞关说的王金平、柯建铭搁在一边，不去声讨他们，追究他们的政治责任，而紧抓住马英九在这过程中的某些闪失，抡起大棒打得他喘不过气来，实在是舍本逐末、颠倒黑白！

毋庸讳言，马王之间这些年来确实是有矛盾、有心结，但同王的关说案完全是两码事，不应扯在一块，混为一谈，更不应该转移焦点，穷追马英九，放过王金平！

马英九虽然在用人方面有偏好，有不当，书生气较重，办事有时太刻板，同底层的民众有距离，等等，但他是一位一身正气、非常廉洁、对各种腐败疾恶如仇的领导人。他要改造国民党，想做点好事，不讲情面，自然得罪了一些人，触怒了那些既得利益者，这就是问题所在。

台湾人民，特别是有良知的法律界的朋友们，请对台湾社会和政坛的说情风（关说风）群起而攻之，不要再沉默了！

（2013 年 10 月）

游　记

美国之行印象记

2012 年 4 月 24 日至 5 月 5 日我跟随南湖国旅旅行团，在美国全境的几个大城市走马观花式地跑了一趟，虽然没有深入了解美国社会深层的问题，也没有买到什么贵重物品，但也可以说收获甚丰，不虚此行。

这次十多天的旅行，虽然是蜻蜓点水式的到处看看、问问，所见所闻也是浮光掠影，但给我留下的印象还是很深刻的。总括起来有以下几点：

第一，美国人追求自然、朴实，不重修饰，不搞排场，不搞形式主义。无论你走到哪个城市，都绝对看不到我们国家那种为地方领导者树碑立传的形象工程。政府机关、大中学校，还有公共场所等的大门，不是我国某些机关、单位那样的牌楼似的大门，而是很朴实，不显眼。所有的公园都是开放式的，更不会有很豪华、很气派的大门。就连最高议会议员们开会用的国会山庄，都显得很低调、很朴实。

第二，美国人重个性表达，追求享受。在大街小巷里，我们看到的美国人穿着都很普通，虽有各种色彩，但很少看见穿名牌，满身珠光宝气的。我原先以为，美国人那么富有，穿戴一定很讲究。殊不知，实际跟我想象的大相径庭。许多美国人，包括没有上班的年轻人和已退休的老年夫妇，他们漫步街头，都显得优哉游哉，表现出一种很享受生活的样子。

第三，各地领导者都十分珍惜纳税人的每一分钱，勤俭节约，不铺张浪费。各地当家人和各部门的领导者，不因为国家、政府富有就大手大脚花钱，而是做到物尽其用，当好公仆。我们到过的所有大城市、小城镇，都可以看到这样一种奇特的现象：马路“贴膏药”。就是看见许多马路上都有星星点点、大小不一的补丁，大的有一平方米左右，小的只有碟子那么大，不像我们的马路或高速路面，出现几个小坑洞就动大手术，把十几米甚至几十米的路面挖掉，再铺上钢筋水泥。美国的官员能那样做，这大概是制度使然，不敢去浪费。这是很值得我们思考和学习的。

第四，车多路多。据在美国生活了十多年的导游说，美国每户人家拥有两三辆车。马路、公路纵横交错，密如蛛网，而且很人性化，真正做到以人为本。我国城市的马路汽车要掉个头，有时要走两三公里，很不方便。

第五，除了纽约等一些特大城市有较多的高楼大厦外，大多数的城市低矮的建筑比较多。城里人多半住在郊外的山坡上，而且都是一栋栋三层楼高的别墅或独户小院，一排一排，十分整齐。

第六，农业发达，农产品非常丰富，价钱便宜。据说，美国的农业科技很先进，土地辽阔，农产品丰富，价钱相对也便宜。我们每到一个用餐的地方，都是吃自助餐，菜式琳琅满目，令人目不暇接。各式的海鲜佳肴应有尽有，令客人大饱口福，还有多种水果、饮料任你挑选。这样丰盛的自助餐，每人只要 7 美元。在国内 100 元的自助餐也达不到这个水平。

第七，美国人一般很友善，对外国人没有特别的戒心。我们在不少景点遇到的美国人，他们通常都会对我们这些游客投以友善的目光，发出善意的微笑，甚至喊出“哈罗”的招呼声。如果你提出照相的要求，他们一般都不会拒绝。有一次，我们在机场候机，有团友看见一位年近四十的洋妈妈带着两个孩子在不远的椅子上坐着，孩子非常可爱。一位女团友先向被抱在怀里的小女孩招招手，那位妈妈也向女团友招手并喊“哈罗”。这时女团友走上前去，伸出双手，表示要抱抱女孩，那位妈妈喊出“OK”，把孩子递到女团友手上，那女孩毫不恐慌，乖乖地躺在女团友的怀里。这时另一女团友也走过去，把坐在椅子上的稍大一点的女孩抱了起来，用中文说：“你真美呀！”此时周围的人们都发出一种融洽、友好和欢乐的笑声。我们好几个团友都用相机拍了这个画面。

第八，我们所到的每个地方，每条街道都非常整洁安静，人们都很守规矩。在公交车站，你根本就看不见国内那种上车争先恐后、你推我挤的现象。在车站、机场也看不到人们大声喧哗、旁若无人的现象。而在候机厅，我看见有几个中国团友大声说话甚至打牌、赌博。这说明，美国人的文明程度确实比我们高一些。

这次美国之行，时间虽短，收获甚丰，给我留下了深刻的印象，是一次十分有益的旅行。读万卷书，行万里路，真是一点也不假。以后只要体力还行，笔者还会到外面去走走看看，丰富人生阅历，增长见识。

（2012年5月）

欧洲行之点滴印象

2012年9月15日，至28日我跟随广东中旅社的导游到欧洲部分国家走了一趟，收获匪浅，印象很深。许多欧洲国家的做法也给我们提供了一些反思和启示。

9月16日早晨，我们团搭乘埃及航空公司的班机，经开罗于中午到达英国的首都伦敦，开始了我们15天的旅行。我们途经法国巴黎，比利时的布鲁塞尔，荷兰的阿姆斯特丹，德国的科隆和法兰克福，瑞士的苏黎世和雪山，最后到达意大利的威尼斯和罗马以及国中之国梵蒂冈。9月29日搭乘埃航经开罗抵达广州。

团友们看到，无论是英国伦敦，法国巴黎，德国科隆、法兰克福，还是荷兰的阿姆斯特丹，比利时的布鲁塞尔，抑或是意大利的罗马、威尼斯等大城市都有一个共同特点，那就是除了市区中心有一些高层建筑之外，绝大多数的居民住宅楼都建在城市郊外的小山坡上，而且都是两三层高的小楼房。在一些离居民区较近的公路两旁都建了隔音墙，以防来往汽车的噪音扰民。

我们这次从英国伦敦一直到意大利的罗马，感觉到一些城市的特点：雾都伦敦，水城威尼斯，千山之国卢森堡，自行车王国的荷兰，异常宁静的阿姆斯特丹，非常整洁的布鲁塞尔，还有不那么干净的巴黎郊区，都给大家留下了难以磨灭的印象。

我们所到的欧洲国家，到处都可以看到屋顶尖而圆的建筑，那就是教堂。在欧洲可以说是教堂林立，星罗棋布，令人咋舌。为什么欧洲的教堂那么多？对这个问题我很好奇，曾问过导游，导游说，欧洲国家的教堂就像我们国家各地各族姓氏所建的宗氏祠堂那样普遍。

这十多天的所见所闻，使我感触良多。欧洲国家的一些做法也给了我们一些启迪。总括起来主要有这样几条：

为了给国民一个优良的生存环境，要重视环境的保护。我们旅游团的汽车所到的广阔原野，看不到一处光秃秃的山头，高速公路两旁不是种着庄稼的农田，就是绿油油的草地，也看不到浓烟滚滚的工厂，空气清新，令人心旷神怡，难怪欧洲人的平均寿命要比我们的平均寿命长。此其一。

欧洲国家的居民点一般都建在城市郊外的小山坡上，极少占用可耕地。这种保护耕地，着眼子孙后代的观点，同我们国家有的地方大肆圈地，占用农田的做法截然不同，很值得我们学习和借鉴。我们须知，一个国家的国民吃穿住行这些生存资源都要依靠土地。我们是一个有13亿多人口的大国，人均耕地太少了，粮食是个大问题。为了我们这一代人的幸福，为了我们的子孙后代，保护耕地必须严肃对待，高度重视。此其二。

比利时的布鲁塞尔，特别是荷兰的阿姆斯特丹，简直就是自行车王国。无论是城市中的大街小巷，还是偏僻的小城，到处都是自行车，横七竖八，比上个世纪我们广州的自行车还要多，但遗憾的是管理不到位，显得混乱一片。据说，这些国家为了缓解城市交通和保护城市环境，当局才大力提倡自行车运动，减少私家车出行。在汽车拥堵、空气指标还远不理想的广州，如果能够这样做，实在是缓解交通拥堵和减少空气污染的一举两得的好事。此其三。

我们所到之处，到处都可以见到白鸽、海鸥、天鹅等动物与行人和谐相处的情景。这种人鸟一体、和谐相处的境况，在我们国家是绝对看不到的。如果成群的鸟雀在我们的周围，这些鸟类早就成了我们饭桌上的佳肴了！我们的国民应当学习人家那种与鸟类为友、与鸟类和睦相处的思想观念。此其四。

在欧洲一些城市，我们看到各种人群参加的示威游行。据说这些游行都是由失业率高引发的，他们的主要口号是“要工作”。人们不禁要问，为什么欧洲许多国家，在出生率普遍出现负增长的情况下，如有的社会学家所说的人口红利早就没有了，还会引发较严重的失业现象呢？这是一个很值得我们认真思考的严肃问题。

最近，我们国家有些社会学家极力鼓吹国家应当放松已执行多年的一孩政策，否则，几年、十几年后，中国就会失去人口红利带来的经济增长和经济繁荣。这是一种耸人听闻的说法。看看欧、美、日本等许多发达国家，它们几十年前的人口就出现了负增长，根本就没有什么人口红利可言，这些国家照样存在失业率高企的社会问题，并且成为这些国家社会不稳定的最重要的因素。如果我们国家像有的专家所说，放宽现在的人口政策，确保十几年后还会有所谓的人口红利，那是十分危险的。可以肯定，到时候会有许多失业的青壮年走上街头，成为社会动荡的一个危险因素。

我们必须清醒地认识到，即使按照今天的人口政策，十几年后中国也会有十四五亿人。随着科技的惊人发展，自动化、信息化水平不断提高，加上放宽退休年龄，社会所需要的劳动力是根本不成问题的，就像今天许多发达国家那样。过去数十年，中国经济的高速发展的根本原因，主要不是什么人口红利，而是我们实行了改革开放和以经济建设为中心的正确路线和政策。把中国经济的高速发展说成是劳力充裕的结果，那是本末倒置，是滑天下之大稽，是不值一驳的谬论！

（2012 年 11 月）

其　他

从张磊捐款耶鲁说开去

据报道，毕业于中国人民大学，后在美国耶鲁大学攻读硕士研究生的中国学子张磊决定给耶鲁大学捐赠888.888 8万美元。其理由是耶鲁给了他很多，改变了他的人生。

一石激起千层浪。张磊捐款耶鲁，本来是一则普通的新闻，却像在中国网民中投下了一颗震撼弹那样，激起了巨大的波澜！包括中国人民大学在内的不少专家、学者和社会人士对此都表示理解，认为钱是张磊的，他要把钱捐给他认为对他的人生有特别影响的耶鲁大学，是一件十分正常的事，无可厚非。但网上也有一部分人持不同的观点，甚至指责张磊，用一些很不礼貌的非理性语言攻击他、诅咒他。说他不爱国呀，食碗面反碗底呀，等等。请问这些口口声声说要爱国的人，你们给自己培育成才的母校和老师捐过多少钱，表示过什么感激和谢意？

不错，张磊大学本科是在国内知名大学度过的，后来在美国耶鲁攻读研究生课程两年。但是，正如张磊自己所说，耶鲁改变了他的人生。就是说耶鲁的两年学习生活在他的人生中起了关键作用，让他开了窍。所以，他把钱捐给耶鲁，当然是符合逻辑和常理了。根据一些在耶鲁毕业的学者说，耶鲁有着一种自由的学研之风，教师和学生是平等的，教师从不对学生指手画脚，总是谆谆引导学生勤奋钻研，探求真理，贡献社会。这些就是学生终身受益的精神财富。

从这次张磊捐款耶鲁这件事折射出我们的教育体制是存在不少问题的，非常值得我们深思。我们现在的教育思想、教育体制、教育方法都有些问题，必须进行彻底改革。我国的学校，从小学到大学都是强调师道尊严，教师同学生的关系是一种尊卑的关系、上下级的关系、从属的关系。学生没有学习研究的自由，一切都得听从教师的摆布。从小学到大学我们实行的是应试教育，引导学生一切向分数看，成为分数的奴隶。特别是在物欲横流的今天，教师用他们的言传身教，有意无意地引导学生带着强烈的实用主义、拜金主义的思想去学习、去奋斗。学校官僚化、衙门化，追求大楼、大气，大学成了追名逐利的场所。于是，作假风、剽窃风、腐败风盛行。这一切让许多有正义感和进取心的教授和学生都深恶痛绝，甚至拍案叫骂。许多社会人士也颇有微词。这些都是有目共睹的事实。此外，应试教育带来的另一个后果，就是教师成了知识的传声筒，学生为了得到好分数，学校为了提高升学率，只好大搞题海战术，一题多练，死记硬背。加上学校里许多清规戒律，束缚学生个性的自由发展，泯灭了学生的创造精神。

造成上述问题的主要原因，不是别的，完全是教育体制、教育思想、教学方法的问题。新中国成立 60 多年来，好几次中央政府都说要进行教育改革，但多半都是徒有表面和皮毛的东西，没有对教育体制和教育思想作根本性的抽筋动骨的改革。就连 21 世纪初喊了一阵子的以减轻学生的课业负担为突破口的实行素质教育的改革，尽管中央下达了红头文件，由于遭到利益集团的强烈抵制，不到一年时间就偃旗息鼓。作为应试教育产物的重点中小学今天还是名亡实存。近十年来，应试教育变本加厉，愈演愈烈，达到了无以复加的地步，一些学生自杀的悲剧屡屡发生，造成恶果。

我们的教育一定要改变“三中心”（课堂中心、教材中心、教师中心）的教学模式。学生不是教师灌输知识的工具，他们是教学活动的主体，是主人。教师要让学生自主去思考、去创造。

总而言之，我们国家今天的教育受人诟病的地方很多，必须进行一场彻底的改革。

谈到教育改革，人们不禁要问：为什么教育改革那么难？就高等学校而言，如果不改变大学当今官僚化、衙门化的状况，让大学回归到主要由教授治校，回归到校园那种自由探讨学术的风气，回归到昔日那种人人两袖清风的廉洁风尚，高等学府就很难成为让人敬仰的殿堂，难以出富有创造性的人才、出世界一流的科研成果。我们的学者获得诺贝尔奖的日子，也就遥遥无期。

我们热切地期望，中国的教育能有一场真正的改革，中国学者在不久的将来能登上诺贝尔奖的领奖台。

（2011 年 1 月）

胡耀邦逝世20周年祭

今年4月15日是胡耀邦逝世20周年的日子。

胡耀邦同志是我党一位不可多得的德才兼备、德高望重的开明领导人。特别是在打倒“四人帮”之后，他为我国的改革开放和现代化事业作出了杰出的贡献。概括起来，主要有：

他组织、推动了关于实践是检验真理的唯一标准的大讨论，为我党重新确立马克思主义的正确路线做了思想准备。此其一。

他组织、领导了平反林彪、“四人帮”在过去，特别是在文化大革命中制造的大量的冤假错案，落实了党的干部政策，让在过去历次政治运动中被错误路线打倒、斗争的千百万各级干部、知识分子和人民群众得以平反昭雪，重见天日，为以后的改革开放和现代化建设事业，从组织上、人力上做了充分的准备。此其二。

党的十一届三中全会以后，胡耀邦为实现党的各项工作的伟大转变，对于各条战线清除林彪、“四人帮”两个反革命集团所造成的影响发挥了重要的作用。此其三。

他关心8亿农民的疾苦，重视调动他们的积极性，主持制定和推行了发展农村经济的一系列政策，为农村经济的快速发展发挥了重要作用，作出了重要贡献。此其四。

胡耀邦同志，除了他对改革开放事业的伟大贡献之外，他那为国为民的高风亮节，也是永远值得我们学习和称颂的。

首先，他一生立党为公，不谋私利，全心全意为人民谋利益，不像有的干部那样，整天想的是个人和小集团的利益，不求进取，成为改革的绊脚石。

其次，他一生爱书，但不读死书，不唯书、不唯上。他反对个人崇拜和个人迷信，坚持实践是检验真理的唯一标准。正因为他认定不管是谁说的，只要是错的就要纠正，这才有千百万的干部和群众得以平反。

再次，他在政治上光明磊落，坚持党性，从不拉帮结派，也不沽名钓誉。不像有的党内领导干部那样，只要是自己人，不管他的品质如何都加以重用，否则就加以排斥。

还有，他关心群众，密切联系群众，关心人民群众的生活。特别是1980年担任总书记以后，经常深入基层，深入农村，亲自调查研究，倾听人民群众的呼声，推动农村经济的改革与发展。

最后，他严格管教家属，从不给他们任何特权。不像有的大人物那样，利用自己的权力为自己的亲属谋特权，或成为新一代权贵，或大发横财，为老百姓所诟病。

他独立思考，不当奴隶，更不当奴才；他政治开明，主张扩大民主和自由，特别是出版自由，但遭到党内极左派的攻击，“大搞精神污染”和“资产阶级自由化”是射向他的两支毒箭，使他成为当时的政治牺牲品而黯然下台。这对胡耀邦是不公正的，也是历史的悲哀。

（2009年4月）

故人辞世话国锋

曾经担任过党和国家最高领导人的华国锋同志，因病医治无效辞世，享年 87 岁。他是我党历史上一位比较特殊的人物。

他是在文化大革命即将结束的 1976 年这个很特殊的年代，由毛泽东亲自选定的接班人。但他并没有站在“四人帮”一边，而是顺应人民的意愿，同叶剑英等老一辈革命家一道，粉碎了祸国殃民的“四人帮”。随后，他却提出了不合时宜的、错误的两个“凡是”，成为邓小平、胡耀邦推行改革开放路线的绊脚石。这就是华国锋这个人物特殊之所在。

我们应当怎样来看这样一个特殊人物呢？

对他积极参与粉碎反革命集团“四人帮”的斗争，无论如何我们都应当给予充分的肯定。这是他在党和国家危难的时刻，立下的不可磨灭的历史功勋。不承认这一点，就不是历史唯物主义。此其一。

他在打倒“四人帮”后，提出并坚持两个“凡是”是完全错误的，但在当时的历史背景下，作为毛泽东的接班人是可以理解的。两个“凡是”在当时的确阻碍着真理标准的讨论，阻碍着邓小平拨乱反正和改革开放路线的进行，但他没有动用手中的权力，顽固地进行对抗，造成严重的后果，因为他不是一个权力狂。此其二。

在邓小平、胡耀邦发动的关于真理标准大讨论和批判两个“凡是”的时候，他没有像过去党内路线斗争那样，争个鱼死网破，而是平静地放弃权力。在失去了权力之后，不在其位，不谋其政，理性地过着平民生活。不像有的人那样，在位时，利用自己手中的大权为自己谋利益；退下来了对权力仍念念不忘，千方百计通过自己的代理人干扰和左右大局，或者继续为自己和亲友谋利益。这是华国锋的可贵之处，是值得我们称道和赞许的。再有，华国锋为官勤奋老实，与上下同志“君子之交淡如水”，不搞小山头，不拉帮结派，不贪不占，两袖清风，这体现了他平凡而高尚的人格。不像有的官员，总爱搞山头主义，结党营私，中饱私囊。难怪与华国锋共事多年的前副总理谷牧说他“是一个好人”。这是一位老同志用最朴素的语言道出了华国锋的基本人格。

（2008 年 9 月）

为开门办“春晚”叫好

2010年中央电视台综艺频道创办了一个名叫《我要上春晚》的节目，为全国以及海内外有志于通过这个平台，登上“春晚”这个许多中国人心目中的圣地一展才艺的人，提供了一个很好的机会，也开创了中央电视台开门办“春晚”的先河，涌现了一批为广大电视观众叫好的工农大众参与创作和演出的优秀节目。

这是中央电视台的一个伟大创举，这是中央电视台的电视人为落实中共十七大提出的“继续高举改革开放的伟大旗帜，不断创新，把中国各项社会主义的伟大事业推向前进”的一个具体行动。它有力地证明了：只有开门办“春晚”才会有强大的生命力，开门办“春晚”就是好！

“春晚”是春节联欢晚会的简称。它是中央电视台每年大年三十晚上的传统节目。自1983年至今已经走过了快三十个年头。“春晚”已经成了几亿中国人和广大海外侨胞每年除夕晚上不可或缺的一顿精神大餐。但是，过去每年的春晚都承袭了关门办春晚的模式，由几个总导演闭门造车，把一些“名人”的节目集中起来，通过所谓的遴选，钦点出来。久而久之，春晚成了一批名人露脸的平台和表演场，成为他们的专利。所以，随着时间的推移，广大群众对春晚颇有微词，发出了“食之无味，弃之可惜”的感叹和评价。也是广大人民群众对于央视关门办春晚的一种不满和无奈！正是在这样的历史背景下，去年出现了一个山寨版的春晚，和央视的春晚打擂台，同央视春晚唱对台戏！

二十多年的实践已经证明：由几个专家关起门来办春晚效果是

不好的。春晚，顾名思义，春节联欢晚会，受众是广大人民群众，理所当然就得让他们参与其中，节目也应当受到人民群众的检视和鉴定。去年，央视综艺频道开辟的《我要上春晚》是一个绝好的创举，一次很好的尝试，一个为广大人民群众参与的绝好的平台。它将同《星光大道》一样，不断产生出一大批由工农兵创作和演出的优秀节目。这一次，由广大电视观众票选出来的前三名，西单女孩的《想家》、旭日阳刚的《春天里》、深圳农民工的《街舞——咱们工人有力量》就特别棒，特别受欢迎。他们虽然没有受过什么专业训练，但他们来自工农兵群众，有一股自然、淳朴、清新的乡土气息，就好像是一块未经过雕琢的天然玉石。还有一批在《我要上春晚》出现，票选很高，为人民群众叫好的节目，都是来自工农兵群众。我们在为这些节目拍手叫好的同时，也要为央视开辟了一个为广大群众参与的平台《我要上春晚》叫好！为他们一改过去关门办春晚为开门办春晚的创新行为叫好！

我们相信，只要今后坚持这个正确方向，让广大想要上春晚的专业人员和最基层的工农群众一起参与其中，公平、公正、公开地让专家和电视观众一道参与遴选，就一定能产生出最好的节目上春晚，就能大大提高春晚节目的质量，使春晚真正成为十几亿人的春节联欢晚会。也只有这样，春晚才能永葆活力和吸引力。

（2011 年 8 月）

一则空前绝后的无知广告

——评“天地一号”电视广告词

现在，说各式各类的广告满天飞，一点也不为过。有的广告夸大其词，哗众取宠，欺骗群众；有的广告连一些基本常识都不顾，忽悠群众。“天地一号”醋饮料广告，在某知名电视台的播出就是其中的一个突出例子。

其广告词说，除了青菜、鱼、肉和米饭这四道菜之外，还有第五道菜——“天地一号”。又说，醋是碱性食品，可以分解多余的大鱼大肉。

有常识的人都知道，第一，米饭是我们餐桌上的主食，不是菜。菜是什么东西？按照《现代汉语词典》的解释：菜是用来餸饭的食物，分为蔬菜（素菜）和肉类（荤菜）两大类。把主食的米饭说成是一道菜，是无知也是一种错误。第二，把“天地一号”这种醋饮料说成是一道菜也是错误的。我们餐桌上有三类东西：一是饭面包点之类的主食；二是用来餸饭等主食的菜，像蔬菜、鱼肉等；三是酒水，包括各种酒、饮料和汤。怎能把醋饮料说成是第五道菜呢？看了这则广告，真叫人啼笑皆非。第三，把醋饮料说成是碱性食品更是完全错误的。我们知道，各种食物在我们的肠胃里消化是一个化学反应过程，胃液和胆汁在整个消化过程中起着关键的作用，醋饮料只起着一种辅助作用。“天地一号”是以陈醋为主要原料制造（勾兑）出来的醋饮料，是一种不折不扣的酸性饮料。说“天地一号”可以分解大鱼大肉也是不恰当的，把饮料当成下饭的菜，更是滑稽和荒唐了！

根据一些业内人士透露，所谓的“天地一号”是用10%的山西陈醋加上90%的雪碧饮料混合勾兑而成的，它并没有什么特别的地方，只是一种普普通通的醋酸饮料，具有一定的消食开胃的功效。

由此看来，出现在某知名电视台的那则“天地一号”的广告词，是一则忽悠百姓的广告。这可能是一则前无古人、后无来者的最差广告，连一些基本的常识都不懂，许多小学生都不会犯这样的错误，实在是贻笑天下！

（2013年4月）